La femme infidèle

DU MÊME AUTEUR

ROMANS

Pas son genre, Grasset, 2011 ; J'ai lu, 2013
Faux-père, Grasset, 2008
Paris l'après-midi, Grasset, 2006
L'été à Dresde, Gallimard, 2003
Le renoncement, Gallimard, 2001
La dernière année, Gallimard, 1999
L'étreinte, Gallimard, 1997

ESSAIS

Éloge de l'arrogance, Éditions du Rocher, 2011
Dans le séjour des corps : Essai sur Marguerite Duras, La
     Transparence, 2010
Confession d'un timide, Grasset, 2009
L'autofiction en théorie, La Transparence, 2009
Défense de Narcisse, Grasset, 2005

Philippe

VILAIN

La femme infidèle

ROMAN

À Pauline

« Quello che non ho capito mai
Ora è così chiaro agli occhi miei.
Sai amare veramente et sai
Arrivare dove nessun altro è stato mai. »

Laura PAUSINI,
Amare veramente.

Je n'oublierai jamais le jour où j'appris que ma femme me trompait. C'était un samedi après-midi de novembre, l'année dernière, dans notre appartement de la rue Laffitte. Je fumais une cigarette à la fenêtre quand ma femme s'absenta pour faire une course. La pluie blanchissait la rue, et les immeubles, comme chaulés, entre lesquels clignotaient des enseignes lumineuses, semblaient détachés du reste de la ville. Je suivis ma femme du regard, elle et son para-pluie rouge, le temps de finir ma cigarette, puis je refermai la fenêtre et allumai la télévision. Je fis défiler les programmes, sans parvenir à me déterminer, zappant d'une émission politique à un match de football, Milan-Rome, songeant que je n'avais pas envie de regarder la télévision, que même je n'avais envie de rien faire, que je m'ennuyais lorsque je me retrouvais seul à l'appartement. Puis, je finis par couper le son. C'est une habitude que j'ai prise, de regarder la télévision sans le son : ainsi les choses me paraissent un peu moins absurdes. Les images illuminaient le séjour, et les footballeurs dan-saient, déformés, dans le reflet des vitres. La pluie avait redoublé. Je voulus téléphoner à ma femme pour lui demander où elle se trouvait, si elle avait réussi à s'abriter quelque part, mais à l'instant où je m'apprêtais à le faire, je m'aperçus qu'elle avait oublié son téléphone portable sur une étagère de la bibliothèque. Je m'en saisis, sans raison, sans autre raison, je le jure, que de tromper l'ennui, sans m'expliquer non plus pourquoi, moi qui n'avais jamais suspecté ma femme durant nos huit années de mariage, ni nourri aucune méfiance envers elle, je me sentis comme *appelé* par son téléphone. Sur la centaine de textos enregistrés, la plupart émanait de moi et d'amies de ma femme, sauf un, sans prénom, enregistré à la lettre F. et daté de la semaine précédente : « Je rêve toutes les nuits de toi, de tout ton corps... », et un autre, au-dessous, la réponse de ma femme : « Je suis toute à toi, je suis ta salope ». Aussitôt, je reposai le portable à sa place et retournai devant la télévision. Je ne pouvais pas croire à ce que je venais de lire. Je regardais les choses sans les voir, le séjour, la pluie derrière la fenêtre, le match, des rouges opposés à des blancs – tout un décor que je ne reconnaissais plus, auquel je me sentais étranger. Je ne sais combien de temps dura mon attente, une trentaine de minutes peut-être. Lorsque ma femme revint, je m'efforçai de rester naturel et de concentrer mon attention sur le match, mais je me mis malgré moi à la regarder, avec insistance : « Pourquoi me regardes-tu comme ça ? demanda-t-elle. — Je ne sais pas. Je te regarde comment ? — Comme ça ! fit-elle en écarquillant les yeux pour imiter

mon air bizarre. Tu me regardes comme ça !
— Mais je ne sais pas pourquoi je te regarde,
dis-je sans réfléchir. Je n'ai pas le droit de regarder ma femme ? »

Je dois faire un effort pour me souvenir des jours suivants, et je décrirais mal le sentiment qui me dominait alors, qui n'était encore ni de la colère, ni de la jalousie, mais une forme de sidération, de stupeur, qui m'empêchait de réagir. Certains hommes se seraient emportés, d'autres se seraient peut-être effondrés, moi, je ne fis rien. Je demeurai interdit. Muet. Bizarrement, je ne souffrais pas. Je me sentais comme sous l'emprise d'un anesthésiant local qui supprimait en moi toute sensation de douleur sans supprimer la conscience que j'aurais dû justement en éprouver, et qui dissipait toute émotion du choc sans dissiper le souvenir même de ce choc, que je ne cessais de revivre, dont je ne pouvais arrêter le retour, l'effraction, dans le cours de mes pensées. L'instant de la scène qui me revenait n'était pas le plus violent mais le plus décisif, ce n'était pas l'instant où je découvris les textos mais celui où j'aperçus le portable de ma femme et me dirigeai vers celui-ci : je me revoyais chaque fois avancer vers ce portable, imaginant qu'il était possible de revenir sur mes pas, que j'avais encore le choix d'arrêter ma course, de retourner à la fenêtre ou de m'installer devant la télévision, et je me disais que, si je le décidais, rien de grave ne se passerait, et notre vie de couple pourrait reprendre son cours, continuer comme avant, avant que ma femme ne sorte. Ce que je ressentais surtout en déroulant ce film intérieur, c'était le caractère fatal, inéluctable de l'instant, son épouvantable lenteur qui m'entraînait vers ma perte, car je marchais, dans mon souvenir, au ralenti, en patinant, comme si ma mémoire s'épuisait à force de se répéter ou que, en ralentissant ma course, elle eût voulu ne pas me faire basculer tout de suite dans le malheur, me retenir encore un peu dans ce « temps d'avant ».

Combien de temps passa ainsi, je l'ignore, deux semaines, un mois, peut-être plus. Mon état me situait hors de tout. L'actualité, à laquelle je m'intéressais d'ordinaire, m'indifférait. Aucun événement de la fin novembre ne retint mon attention. L'automne glissa sur moi. Sans en revenir, sans en revenir encore d'apprendre que ma femme me trompait, je devais me forcer pour exercer ma pensée sur autre chose et je m'exaspérais de tout ce qui, des activités professionnelles aux simples loisirs, m'en divertissait. Non seulement j'éprouvais comme une perte le temps que je ne consacrais pas à y penser mais je ressentais la nécessité d'y penser en permanence, jusqu'à m'en abrutir et me perdre dans des délibérations insensées qui, au final, renforçaient mon incompréhension : ainsi me suffisait-il, par exemple, de douter de l'amour de ma femme pour m'aviser aussitôt qu'elle ne cessait de m'en donner des preuves (en ne me quittant pas et en continuant de faire des projets d'avenir avec moi), mais à peine m'étais-je avisé de ces preuves que je me remettais à douter de ma femme, qui, en trahissant ma confiance, en ne s'obligeant plus à aucun devoir de loyauté envers moi, ne me témoignait plus de la forme d'amour que nous avions décidée ensemble ; sans m'apporter de réponse, ces délibérations continuelles me donnaient au moins le sentiment de cheminer vers une vérité de l'amour : que, sans doute, l'on n'aime jamais que de façon contradictoire, si l'on peut tromper sans aimer comme aimer tout en trompant, s'abstenir de tromper sans pour autant aimer, ne pas aimer même la personne avec laquelle on trompe pour mieux aimer celle que l'on trompe, si la fidélité n'est pas plus la preuve de l'amour que l'infidélité n'est la preuve d'un désamour ; et, alors, seulement, j'en concluais que tromper ne signifiait rien.

Si trop penser rend fou, moi, c'est de ne plus y penser qui m'aurait rendu fou. Je ne savais penser qu'à ça. Exercer mon intelligence ainsi me donnait l'impression d'éviter une forme de démence. Il me semblait que je devais raisonner, m'éprouver dans cet exercice, et que mon salut tenait au maintien de celui-ci : c'est pourquoi je m'informais sur la question de l'infidélité ; c'est pourquoi je lisais des témoignages d'hommes trompés sur des forums d'Internet et me plongeais avec avidité dans des romans en rapport avec ce que je vivais ; c'est pourquoi les désagréments que cette infidélité m'occasionnait – désintérêt général et repliement sur moi – ne m'inquiétaient pas. Sans doute fallait-il aussi que son infidélité devienne mon obsession pour que je me sente encore relié à ma femme.

On me trouvera naïf si je confesse que l'infidélité de ma femme m'avait toujours paru inconcevable, tant j'avais confiance en elle, tant j'avais la certitude de former avec elle un couple solidaire et complice. Ainsi n'avions-nous jamais cessé de nous entendre, de nous soutenir dans les moments difficiles, comme durant notre première année de vie commune, par exemple, lorsque, simple comptable aux Assurances Generali, consacrant mes salaires à rembourser un crédit immobilier, vivant dans une économie qui me faisait dépendre d'elle et m'interdisait de nous offrir les divertissements, les voyages auxquels notre jeune couple aspirait, ma femme m'assura un soutien matériel inestimable. Ce soutien, qui me pesait, lui semblait naturel : « Allons, disait-elle, je ne vois vraiment pas où est le problème, ça ne me prive de rien, tu sais, et je suis certaine que tu ferais la même chose pour moi ! » Ma femme ne croyait pas si bien dire : quand plus tard, elle perdit son emploi de consultante et que, devenu moi-même direc-teur du service comptable, je me mis à bien gagner ma vie, elle put compter sur mon aide

– ce qui, à mes yeux, n'était même pas de la reconnaissance, juste que je ne nous dissociais plus, et que, comment dire, oui, ma femme était devenue moi. Notre complicité me paraissait sans faille. Tout partager avec elle me procurait un plaisir d'un ordre sensuel. Nous étions inséparables. De mon côté, je m'arrangeais pour lui consacrer la plupart de mon temps, éprouvant un manque dès qu'un déplacement professionnel m'obligeait à me séparer d'elle ; alors je lui téléphonais plusieurs fois par jour ou lui envoyais des textos ; je ne ressentais pas la lassitude, le besoin d'indépendance qu'il est sans doute naturel de ressentir après des années de vie commune : loin de ma femme, moi, je m'ennuyais.

Lorsque je songe à ce qui m'attirait le plus chez ma femme, je remarque, ironiquement j'allais dire, que l'aspect de sa personnalité que j'ai toujours le plus apprécié, la qualité qui me faisait l'estimer, étaient justement sa loyauté, sa droiture, la forme d'honnêteté qu'elle témoignait envers chacun mais aussi envers elle-même, et qui l'avait, par exemple, conduite, dans sa profession de consultante, à refuser une offre importante dont sa famille, influente dans ce domaine, souhaitait la faire bénéficier, mais pour laquelle elle disait manquer de compétences, ou, dans le domaine sentimental, pour donner un autre exemple, à fuir les relations intéressées, éconduire des prétendants de son milieu, plus haut placés et plus fortunés que moi. Bien qu'appartenant à une famille de notaires, ma femme n'avait ni la suffisance ni la mauvaise foi des héritiers, qui, pour ne pas amoindrir leur réussite, nient, contre l'évidence, les avantages qui l'ont favorisée ; elle, qui s'était détachée tôt de sa famille, s'enorgueillissait même de ne plus rien lui devoir, consciente que son éducation, sa position sociale, la sécurité matérielle dont elle avait profité durant sa jeunesse lui avaient sinon assuré un avenir, à tout le moins déjà permis de l'appréhender avec confiance – ce qui lui paraissait être « un luxe » ; mais ce désir de « réussir seule » ne s'accompagnait chez elle d'aucun individualisme, au contraire, je dirais, au travail comme en famille, ma femme n'aimait rien plus que partager, s'associer, participer à une aventure collective. C'est la raison pour laquelle elle avait préféré intégrer un cabinet de conseil plutôt que de s'installer à son compte, comme sa famille l'y avait pourtant incitée.

Son honnêteté, j'y reviens, me paraissait puiser dans une sensibilité à fleur de peau, une certaine conscience de l'injustice, une fragilité que je devinais à sa façon d'éviter certaines questions sur son passé sentimental, une générosité aussi qui lui donnait un souci continuel des autres et la faisait pâtir de leurs peines comme se réjouir de leurs joies. Ma femme avait cette rare capacité à s'enthousiasmer pour le bonheur des autres. Elle ne parlait pas beaucoup d'elle-même, par pudeur, par discrétion, parce qu'elle ne jugeait pas sa vie très intéressante. Pour ainsi dire, ma femme ne savait bien vivre que pour les siens, sa famille, ses amis, moi, son mari. Il y avait en elle, je veux dire, en sa manière de se sentir femme, un peu de l'infirmière qui a besoin de se rendre utile, une générosité égoïste qui refusait tout retour, un altruisme qui la détournait d'autres ambitions et lui enlevait assez d'énergie pour s'occuper d'elle-même, s'investir dans des projets qui eussent réclamé un engagement total, réaliser des passions auxquelles elle avait renoncé : ma femme, qui se sentait une âme d'artiste, voulait prendre des cours aux Beaux-Arts, elle voulait reprendre la danse et le piano, elle voulait apprendre l'italien – passions que, pour ma part, je n'avais jamais prises très au sérieux, y voyant alors son esprit de fantaisie plutôt que son insatisfaction. Il m'amuse aujourd'hui de m'être à ce point trompé sur ma femme et de penser que la seule personne à laquelle j'ai accordé ma confiance est précisément la femme qui m'a trompé.

Si j'avais la certitude de former un couple solide avec ma femme, j'avais toujours été surpris de former ce couple. J'avais rencontré ma femme dans des circonstances assez invraisemblables et notre couple se forma, pour ainsi dire, sur une méprise. Peu après ma prise de fonction à la Generali, mon collègue Paul Castel, revenant d'un séminaire où je n'avais pu me rendre, me parla d'une consultante qu'il avait rencontrée là-bas, « jolie brune aux yeux verts », dont il ne se rappelait plus le nom. Pendant quelques jours l'histoire en resta là, mais, un midi, Paul Castel surgit dans mon bureau en brandissant le nom de la fameuse consultante, une certaine « Morgan Lorenz » dont il avait retrouvé la trace en faisant une recherche sur Internet, sans néanmoins réussir à la voir en photo. Elle travaillait pour l'une de nos filiales. Il s'apprêtait à la contacter. Trois mois passèrent sans que je n'entende plus parler de la fameuse Morgan Lorenz, et que je ne juge nécessaire de relancer Castel dont l'éloquent silence m'indiquait que les retrouvailles ne s'étaient pas passées comme il les avait prévues. Plus tard, lors d'un déjeuner d'affaires où je me rendis sans Castel, le hasard me plaça à la table d'une certaine Morgan Lorenz à laquelle je fis répéter le nom pour m'assurer que je ne me trompais pas. Cette jeune femme assez grande, fine, aux cheveux longs, remontés en chignon, habillée avec une simplicité – un chemisier de mousseline beige, cintré, un jean retombant sur des escarpins noirs à talons et semelles rouges – qui me plut, devait avoir trente ans, elle s'exprimait avec réserve et un air mélancolique qui laissait penser qu'elle avait surmonté des solitudes. Je trouvais admirable son naturel pour séduire, jouer sans jouer, d'imposer sa présence avec légèreté, car je ne pensais pas que ce naturel procédait d'une grande expérience des hommes. Avant elle, j'avais connu des allumeuses qui ne se donnaient pas et des prudes qui s'offraient trop vite, des nymphomanes et des coquettes qui avaient toujours un temps d'avance ou de retard sur le désir. Morgan Lorenz, elle, arrivait au juste moment. Elle savait s'y prendre pour attirer et s'éloigner, décevoir et donner de l'espoir, concéder du terrain et le reprendre quand il le fallait, éprouvant sans doute ses propres sentiments dans ce jeu de séduction.

Nous ne nous quittâmes plus et, deux semaines plus tard, nous partîmes à Capri, à la Villa Brunella, comme dans un rêve, j'allais dire, quand bien même je déteste les expressions toutes faites, mais le fait est qu'aucune expression ne définirait mieux le sentiment d'irréalité, l'émerveillement, que j'éprouvais de me retrouver à Capri avec cette quasi-inconnue : oui, c'était comme dans un rêve, un rêve dont je me souviens à peine, au reste. Ma mémoire est ainsi faite qu'elle retient surtout les mauvais moments et jette sur les bons un voile, qui m'interdit d'en conserver la nostalgie. Ainsi ce dont je me souviens le plus clairement est de la nuit où j'évoquai l'étrangeté de notre rencontre à Morgan Lorenz et lui parlai de Paul Castel, mon collègue, qu'elle était censée avoir croisé lors du précédent séminaire, et de ce qu'elle m'avait répondu, comme si je l'avais vexée : non seulement elle ne connaissait pas mon collègue, mais ne l'avait soi-disant jamais rencontré et, pour cause, débutante dans le métier, elle n'avait encore participé à aucun séminaire avant celui où nous nous rencontrâmes : « Cette femme n'est pas moi, si tu veux savoir ! » Je n'insistai pas et je ne lui reparlai plus de cela, ni d'ailleurs je n'en fis part à Castel. Il ne m'importait plus de savoir si, pendant tout ce temps, mon collègue m'avait menti, s'il s'était trompé de nom en recherchant sur Internet, ou si Morgan Lorenz mentait, pressentant que, peut-être, je ne connaîtrais jamais la vérité de cette histoire et que cette vérité, si je l'obtenais un jour, me décevrait, serait finalement moins romanesque que cette méprise ; sachant aussi que cette méprise, qui mit Morgan Lorenz sur mon chemin, qui me fit connaître son nom et lui inventer un visage avant même de la rencontrer, me fit croire qu'elle et moi étions destinés à nous rencontrer ; me disant enfin que cette méprise donnait du sens à notre rencontre et que si je n'avais jamais entendu parler de Morgan Lorenz avant ce séminaire, je ne l'aurais peut-être pas remarquée, à tout le moins, je n'aurais peut-être pas fait l'effort de lui parler. Je ne dis pas que Morgan Lorenz ne m'aurait pas intéressé sans cette méprise, mais que cette méprise contribua à nourrir cet intérêt ; je ne dis pas non plus que je ne l'aurais pas aimée sans cela, mais que cela influença sans doute ma façon de l'aimer, puisque, en effet, je me mis à aimer Morgan Lorenz à la façon d'une héroïne de roman, à cause d'un nom, d'un mystère qui, aujourd'hui encore, me demeure entier, et d'une méprise qui combla mon goût pour le romanesque et la poésie des choses.

Si je n'arrivais pas à croire ma femme infidèle, c'est que je ne cessai de voir ma femme comme je vis Morgan Lorenz le jour où je la rencontrai, avec un étonnement qui me la rendait admirable. Aurais-je pu la voir autrement, ma femme, qui continuait de se montrer amoureuse et de faire des projets d'avenir (avoir un enfant et déménager dans un appartement plus spacieux), elle qui s'investissait à mes côtés et m'incluait dans sa vie, elle qui se montrait toujours attentionnée, solidaire, elle qui, en société, vantait mes qualités et me défendait si l'on me taquinait sur mon métier de comptable : « Pierre n'est pas un comptable comme les autres, c'est un rêveur, disait-elle, il aime les chiffres pour fuir notre monde ! », ou encore, « Ce ne sont ni les poètes ni les romanciers qui ont inventé l'écriture, mais les comptables ! » ? Ma femme disait aussi apprécier mon esprit rêveur, sans doute parce qu'elle y avait décelé une fragilité, une faille qu'elle eut l'espoir de combler, qui lui permit de poursuivre auprès de moi sa mission d'infirmière. Elle avait bien vu, au reste. Je me définissais moi-même comme un rêveur, un rêveur qui aurait mal tourné si l'on veut, et, qui, au lieu des mots, s'était choisi les chiffres pour s'oublier, un autre langage pour s'exiler. On dit qu'il existe trois sortes d'êtres capables d'abstraction : les fous, les métaphysiciens et les comptables, mais que si la comptabilité et la métaphysique peuvent rendre fou, la folie ne fait ni de bons métaphysiciens ni de bons comptables. Pourtant, la comptabilité a sa folie, qui est de confier aux chiffres son impossibilité de dire le monde par les mots, et, comme en poésie, de l'inventorier en une économie de langage, de s'abstraire en des balances et des bilans chiffrés. Ma femme avait parfaitement compris cela de moi, que j'avais fait le comptable pour devenir poète et que les chiffres avaient fait de moi un esclave heureux, qu'ils exprimaient un renoncement à vivre par le langage commun, une manière de fuite, un désir de vivre en dehors du réel. Pouvais-je décemment soupçonner une femme aussi compréhensive ?

Par ailleurs, ma femme cherchait constamment à me plaire. Non seulement les années de vie commune n'avaient pas éteint sa féminité, mais je dirais même que ces années l'avaient affirmée, en ajoutant à son naturel charmeur une assurance et un air décidé qui, à mes yeux, la rendaient plus désirable encore. Une sensualité émanait de ses yeux verts, de ses longs cheveux bruns et de sa démarche provocante quand elle faisait des essayages le matin devant la glace, hésitant longuement à haute voix entre telle robe droite ou telle jupe gabardine légèrement fendue, d'une indécence raffinée, entre tel chemisier en suédine faussement décontracté ou telle tunique ajustée, aux motifs ajourés, d'une transparence suggestive. Elle aimait que je la regarde. Elle réclamait mon avis : « Tu me préfères comment ? En *businesswoman* ou en *romantic girl* ? », disait-elle en esquissant quelques poses, relevant ses cheveux, écartant une jambe sur le côté pour vérifier qu'elle se sentait à l'aise, que sa jupe ne se froissait pas ou que son pantalon conservait son pli, avant de la replier comme pour retrouver les gestes appris du temps où elle prenait encore des cours de danse classique ; mais ce rituel pouvait se prolonger certains matins, quand elle estimait que rien ne lui allait : elle se déshabillait alors à la hâte pour enfiler « une jupe et un chemisier passe-partout », par-dessus lequel elle ajustait la bretelle de son soutien-gorge sur son épaule, avant de se remettre à contempler sa silhouette, à faire ce geste très féminin, que j'aimais par-dessus tout, de croiser les bras sur la poitrine, mains posées sur les épaules, avant de se tourner et de se retourner encore, une dernière fois, juste une dernière fois, pour ne pas se perdre de vue, pour vérifier, comme le technicien d'aéronautique, que l'avion peut enfin décoller. Si je lui conseillais de se presser ou si j'osais lui dire que je trouvais sa tenue trop transparente, sa jupe trop moulante, elle me répondait sur un ton sec : « Mais, c'est pour toi que je me fais belle, mon chéri ! » ; ou bien, si je manifestais un brin de jalousie concernant ses tenues : « Voyons, je m'habille pour moi, mon chéri, tu sais, et je me fiche complètement de ce que peuvent penser les autres ! », ou : « De toute façon, vous les hommes, vous ne pensez qu'à ça ! » Quand elle faisait ainsi ses essayages devant le miroir et qu'elle parlait sans me voir, d'un air évasif, tout en continuant de scruter sa silhouette, je lui trouvais un faux air de Virginie Ledoyen égarée dans un film de Rohmer.

Une fois : « Tu les trouves sexy, toi, mes seins ? Moi, je les trouve trop petits, pas assez... J'aimerais qu'ils soient comme ça (elle prit ses seins entre ses mains et fit le geste de les remonter). Qu'est-ce que tu dirais si je me les faisais refaire ? »

Je ne m'étais jamais inquiété que ma femme me manifeste moins de désir. Elle ne m'en avait jamais manifesté beaucoup, même au début de notre rencontre. Pour tout avouer, à aucun moment, elle ne m'avait donné l'impression d'aimer faire l'amour. Elle aimait plaire, être regardée par les hommes, et ne le cachait pas d'ailleurs, mais sa coquetterie me paraissait désintéressée, elle avait quelque chose de pur, elle cherchait moins, me semblait-il, à éveiller le désir des hommes qu'à se faire remarquer, à vérifier son pouvoir de séduction – du moins est-ce ce que j'avais toujours voulu penser ! Faire l'amour semblait à ma femme quelque chose d'inessentiel, une pratique comme une autre à laquelle elle se soumettait sans déplaisir, je veux dire, avec le sentiment qu'elle aurait tout aussi bien pu s'en priver. Et d'après ce qu'elle m'avait raconté de son passé, il en avait été ainsi avec les quelques hommes qu'elle avait eus avant moi. Son désintérêt pour la sexualité se traduisait par une façon neutre d'en parler, et, pendant l'acte, par une absence d'initiatives ; c'est à moi que revenait la responsabilité de l'embrasser, de la caresser, comme s'il lui fallait se sentir désirée pour me désirer et que son fantasme, son seul fantasme était de s'abandonner, de se faire prendre ainsi. Je ne m'offusquais pas de cette habitude – qui était devenu un jeu complice entre nous – tant j'avais plaisir à sentir son corps sous l'effet de mes caresses, son sexe s'ouvrir sous mes coups de langue, à l'entendre soupirer lorsque je la pénétrais, et je crois même que son fantasme était devenu le mien, que je n'aimais tant faire jouir ma femme que parce que je me savais le seul à la faire jouir comme elle aimait. Pas un instant je n'imaginais qu'elle puisse être insatisfaite, puisqu'elle ne se plaignait de rien, et me satisfaisait ainsi ; non seulement mon désir pour elle ne s'était pas consumé avec le temps, mais il avait su se renouveler, se nourrir de la chair même de cette habitude, se raffiner en s'instruisant de son corps. Mon désir pour elle était exponentiel : plus je lui faisais l'amour, plus je la désirais. Ma femme me demeurait un manque infini, une insatisfaction qui frustrait mon envie de la posséder davantage : lui faire l'amour n'était pas à mes yeux accomplir un simple devoir conjugal, c'était m'assurer de la désirer encore.

Pour cette raison, je ne comprenais rien à son infidélité. Ce qui me sidérait, ce n'était pas tant sa vulgarité, pas tant les mots – « Je suis ta salope » – qu'elle avait écrits, ces mots que, pourtant, elle n'avait pas employés plus de dix fois durant toutes ces années où nous avions fait l'amour, et chaque fois, je me le rappelle, en éprouvant une honte après les avoir dits :

« Je ne sais pas ce qui m'a pris…, j'espère que tu ne me jugeras pas mal ! » s'excusait-elle chaque fois, honteuse, gênée, comme si, avec moi, son mari, elle avait eu le sentiment d'aller trop loin, et que certains mots étaient autorisés, d'autres d'avance bannis ; non, bien entendu, ce n'était pas tant la vulgarité de ma femme qui me surprenait que le fait de sentir qu'elle jouissait d'écrire ces mots en dehors de l'acte ; c'est cela qui me blessait le plus : ces mots – « Je suis ta salope » –, que je me répétais pour leur donner un sens, qui se matérialisaient étrangement dans mon esprit, sans doute parce que je prenais conscience que l'amour n'est peut-être au fond que la contrariété du désir et que, ces mots, ces mots-là, je les rapprochais de ceux qu'elle m'avait dits en faisant l'amour, six ans plus tôt, la nuit de notre mariage : « Je suis ta femme. »

Cette période reste confuse. Je ne voulais pas prendre une décision trop rapide, que j'aurais eu à regretter plus tard, espérant vaguement que ma femme finirait par tout m'avouer. Si je taisais cela, c'est aussi que les paroles ont pour moi plus de réalité que les actes, une cruauté supérieure, et que, ainsi tue, son infidélité me demeurait irréelle : je pouvais croire que rien ne s'était passé, que ma femme ne m'avait pas trompé, imaginer que cette histoire d'infidélité procédait d'un affreux malentendu, que les textos en cause, puisqu'elle n'avait pas jugé bon de les effacer, ne constituaient pas des preuves de son infidélité mais que ceux-ci émanaient d'un jeu entre collègues ; je pouvais aussi soupçonner ma femme d'avoir manigancé un piège pour me rendre jaloux, de s'être elle-même envoyé ce texto du portable d'un collègue, auquel elle aurait répondu et qu'elle aurait fait semblant d'oublier afin que je les consulte ; ainsi je pouvais croire que rien n'était vrai. Sans doute ce silence me donnait-il, en même temps, le sentiment de dominer la situation comme de pouvoir décider du sort de notre couple :

parler, c'était risquer de le détruire : me taire, c'était le laisser en sursis. Je ne souhaitais pas bouleverser nos vies, pas encore. J'attendais de voir comment la situation évoluerait. Pour ainsi dire, le silence me maintenait dans l'illusion. Et je me sentais la force de le conserver, me persuadant que son infidélité ne changeait rien, puisque nous continuions chacun de vivre comme si celle-ci n'avait pas eu lieu et que nous ne paraissions pas moins nous entendre ; parfois, j'en venais même à songer que son infidélité la rapprochait de moi, que ma femme se sentait si coupable de me tromper qu'elle en devenait plus tendre, plus aimante encore, et que mon silence, coupable, lui, de couvrir son secret, nous rendait complices, nous réunissait au lieu de nous divorcer. Croyais-je réellement à cela ? Il fallait bien que je me mente pour tolérer que ma femme me trompe.

Je laisse entendre que me taire m'arrangeait sans préciser combien cet arrangement me coûtait. J'étais incapable de penser à autre chose, de me concentrer sur mon travail : l'effort spéculatif que m'imposait mon métier de comptable semblait s'exercer pareillement sur l'infidélité de ma femme ; on aurait dit que, par un système de cavalerie intérieure, mon obsession prélevait sur le compte de mon métier ce qu'elle reversait sur celui de mon couple, et que continuait de s'effectuer en moi, sur un nouvel objet, les opérations d'une même comptabilité mentale. Même en amour, je restais comptable.

Mes jours étaient des nuits, ou l'inverse, je ne savais plus. J'étais, comme on dit, un insomniaque pervers, à savoir que toutes les nuits, je rêvais que je n'arrivais pas à dormir, mais quand, pour de bon, j'y arrivais, à ne pas dormir, alors je me mettais à rêver, avec plus de détermination encore, pour ne plus penser. Bizarrement, je ne ressentais pas de fatigue. J'avais, au contraire, la sensation de vivre avec plus d'intensité, c'est-à-dire d'exister. Ces insomnies, qui me tenaient éveillé jusqu'au petit matin, travaillaient mon obsession de manière plus sournoise. Quand je ne les occupais pas à lire, je les passais à observer ma femme, trouvant je ne sais quel plaisir à la surprendre dans son sommeil. Je remarquai ainsi que le sommeil transformait les traits et les expressions de son visage jusqu'à lui faire perdre sa douceur, et que son visage démaquillé, durci par ses paupières closes, ses pommettes crispées sur un nez bourbonien, sa bouche pincée, n'exprimaient plus, au naturel, sa générosité, mais une sévérité, une dureté insoupçonnée, que confirmait l'immobilité gisante de son corps. Il me semblait aussi que ma femme dormait sans dormir, qu'elle sommeillait sans réussir à succomber tout à fait, et qu'elle devait encore ses positions les plus abandonnées (quand elle écartait légèrement les cuisses ou repliait la jambe droite comme une danseuse avant d'exécuter une pirouette) à une volonté de se maîtriser, ses expressions les plus indécentes (quand un soupir passait entre ses lèvres entrouvertes et qu'elle parlait, et qu'elle disait des mots que je ne comprenais pas, qui ne paraissaient avoir de sens que pour elle) à un souci de dominer son apparence. Les nuits où son sommeil était agité, ses bras et ses jambes se tendaient comme si elle se bagarrait. J'aurais voulu savoir à quoi ma femme rêvait, contre qui elle luttait ainsi, mais je me sentais honteux de l'épier, j'avais le sentiment de lui voler quelque chose. Son corps me rendait voyeur.

Je n'avais jamais pensé que ma femme et moi nous éloignerions l'un de l'autre, je n'avais jamais pensé que ma femme finirait par me devenir étrangère. Quand, pour rire, je lui disais cela, qu'il m'arrivait de la voir comme une étrangère, elle se mettait à rire, et je ne savais pas si elle était attendrie par mon propos, si elle s'en moquait ou si elle en était embarrassée. Cette impression, je l'eus pour la première fois en la regardant jouer au tennis, à travers le grillage d'un court au jardin du Luxembourg. Moi qui avais l'habitude de la voir jouer, je fus frappé cette fois par l'impassibilité de son visage, l'autorité de son jeu, la détermination et l'agressivité qu'elle mettait dans chaque coup ponctué d'un cri échappé de tout son corps ; furieuse, c'est le mot, ma femme, si douce à l'ordinaire, si élégante dans sa blanche jupe volantée, avec ses cheveux attachés en chignon, avait l'air furieuse en jouant cette partie, animée d'un désir de vaincre que je ne lui connaissais pas et qui se manifestait par la mise en place d'une tactique simple – habituer pour priver – et par une volonté d'imposer son rythme en pilonnant de façon systématique le coup droit de son adversaire, avec une égale puissance, et une telle cadence que celui-ci ne pouvait que se soumettre à l'échange ; échange qu'elle rompait après cinq ou six balles ainsi placées, en administrant soit un missile sur le revers, soit un lift court, soit un amorti, qui, dans tous les cas, obligeait son adversaire, dérouté, à changer si vite de position qu'il n'avait plus le temps de récupérer la balle, ou, s'il en avait le temps, s'il n'était pas pris à contre-pied, à ne la toucher que par un geste en rupture, comme arraché à son corps, si désuni qu'il le contraignait à la faute, à sortir la balle du court ou à la faire atterrir dans le filet. Je me disais, quand je regardais jouer ma femme, cette femme si différente de celle que je connaissais, et que peut-être je n'avais pas voulu voir, je me disais que je n'avais fait qu'aimer une autre personne.

D'une certaine façon, je réapprenais ma femme. C'est avec d'autres yeux que je la regardais, ou bien, c'est avec les mêmes yeux que je regardais une femme différente ; je n'aurais su dire précisément de quelle façon ma femme changea pour moi puisque rien dans son comportement ou dans son apparence ne la différenciait de la femme que j'avais toujours connue. Miracle féminin : ma femme était elle sans être elle, ni tout à fait une autre non plus ! Disons que je ne parvenais plus à regarder ma femme comme ma femme, je veux dire, mon épouse, et que je la considérais désormais avec la même distance, avec le même étonnement que j'avais autrefois éprouvé en considérant la consultante Morgan Lorenz. Ce retour en arrière me troublait. On aurait dit que le temps – de notre rencontre à son infidélité – s'était aboli, qu'il formait une parenthèse dans nos vies et qu'il nous ramenait chacun au même point de départ, même s'il nous y ramenait différemment : en effet, tandis qu'après huit années de mariage, ma femme était redevenue une jeune femme – Morgan Lorenz –, moi, durant ce même temps, j'étais devenu un autre homme, « personne », ou, si l'on préfère, un cocu.

Je m'appelle Pierre Grimaldi, et je suis cocu. Je suis devenu un autre homme dès la seconde où j'ai appris l'infidélité de ma femme : alors je n'ai plus su me penser autrement qu'en homme trompé. Avec ma femme, mes collègues, mes proches, il me semblait que je n'étais plus un « mari », un « comptable », un « ami », mais seulement cela. Son infidélité m'humiliait maintenant. Surtout, j'imaginais que nul ne l'ignorait dans mon entourage, et qu'il existait une alliance secrète entre ma femme et les autres, tous les autres, mes amis, mes collègues mêmes, ses confidents. Je me souviens du soir où nous fêtâmes l'anniversaire de ma femme. Tout le monde était si joyeux que je me désolais de ne pas parvenir à l'être. Mon incapacité provenait moins de me savoir trompé que de me croire moqué. Je ne m'étais jamais fait beaucoup d'illusions sur les hommes, et je ne m'en faisais pas sur l'opinion qu'on avait de moi, sur les railleries dont je croyais être l'objet, sur la compassion que j'imaginais inspirer. Je maudissais les blagueurs de service, qui font rire aux dépens des victimes faciles. Paul Castel, mon collègue, passait même pour un érudit de la question : « C'est l'histoire d'un mari qui, chaque fois qu'il passe devant un café, entend un homme lui crier : "Cocu ! Cocu !" Le mari finit alors par tout raconter et se plaindre à sa femme. Le lendemain, alors qu'il repasse devant le café, l'homme lui crie : "Eh, cocu ! Cooccuuu ! Cocu et rapporteur en plus !" »

Le monde extérieur me devint un espace menaçant. Tout me signifiait. Je ressentais une hostilité à mon endroit. J'interprétais toute bienveillance comme une forme de pitié, certain que les autres *savaient*, que mon être suscitait la désapprobation. La peur de me sentir jugé me faisait refuser les invitations amicales – dont je m'acquittais par obligation, après avoir épuisé mon stock d'excuses polies. De même, au travail, je ne m'attardais plus au bureau le soir comme j'aimais le faire, et, les fois où j'étais contraint de participer aux réunions de l'entreprise, je choisissais une place proche de la sortie afin de pouvoir filer discrètement, et je ne prenais plus part aux débats ; pour la première fois depuis mon embauche à la Generali, je m'ennuyais avec mes collègues, je m'exaspérais de leur compagnie, car la seule chose dont j'aurais voulu parler avec eux, ce n'était ni de l'entreprise ni de trésorerie, mais de ma femme. Le travail m'était une perte de temps : dans ma balance intérieure, c'était du temps que je soustrayais à celui que je consacrais habituellement à ma femme. Le seul réconfort que je trouvais à ces réunions était d'envisager qu'il existât parmi eux d'autres hommes ou femmes trompés : je les suspectais un à un : j'éliminais de manière

instinctive les plus enjoués pour scruter les tai-
seux et les soucieux, qui, par leur attitude, me
ressemblaient ; je les regardais d'un air attendri,
jusqu'à croiser leur regard, jusqu'à leur sourire
et me donner l'illusion de nouer avec eux, mes
confrères cocufiés, mes consœurs trompées, une
complicité qui n'avait de sens que pour moi ;
puis, quand ce petit jeu m'avait lassé, je regardais discrètement ma montre et, au bout d'une
heure, quand j'estimais avoir passé un temps
raisonnable et m'être assez montré, je prétextais
n'importe quelle excuse pour m'éclipser.

J'avais le sentiment de marcher en fraude
dans les rues ; à travers les regards accusa-
teurs que je sentais peser sur moi, c'est Paris
tout entier qui me punissait d'être l'époux de
Morgan Lorenz. Je ne prenais plus les transports en commun pour regagner mon domicile,
j'empruntais les rues moins fréquentées. Les
moments où j'avais la plus grande sensation
d'être moi-même étaient ceux où je passais
inaperçu. Les jours rallongeaient. En bas de
la rue de Clichy, Paris m'apparaissait, sous un
ciel anthracite, crachineux, laissant deviner au
loin la forme de la tour Montparnasse, qui,
d'ici, semblait une inscription dans le ciel.
Arrivé rue Laffitte, je levais les yeux pour
voir si notre fenêtre était éclairée, éprouvant
je ne sais quel apaisement à la vue de cette
lumière, je ne sais quel réconfort à constater
que ma femme était arrivée avant moi ; parfois, je fumais une dernière cigarette sur le
trottoir pour observer cette lumière, l'ombre
de ma femme, sa présence, son passage derrière la vitre. Les soirs où la fenêtre n'était

pas éclairée, un accès de panique me saisissait. Un simple retard dû à un incident de métro ou une sortie imprévue, par exemple, pouvait me procurer une frayeur insensée. Je ne savais m'empêcher de m'inquiéter toutes les fois où elle rentrait tard sans m'avoir prévenu, envisageant avec un mélange de peine, de colère et de jalousie, le prétexte par lequel elle justifierait son retard. Heureusement, mon attente ne durait pas, jamais plus d'une heure. Tout en préparant le dîner, j'écoutais avec attention les allées et venues de l'ascenseur, et je respirais avec soulagement lorsque j'entendais le grincement de la porte, le bruit de ses talons dans le couloir, celui de la serrure, sa voix, la sorte de « coucou » qu'elle me lançait en entrant et dont l'intensité variait selon son humeur ou son état de forme : un mélodieux « cooouuuuucooouuuu » si elle était gaie, un franc « coucou » si la journée s'était bien passée, un bref « kouk » quand elle était préoccupée – et que je ne pouvais m'empêcher d'entendre comme une humiliation, comme un « cocu » décliné selon son humeur –, un simple « Ça va ? » quand elle était exténuée. Il lui fallait toujours quelques minutes avant d'engager la conversation et de se réhabituer à moi, du moins en avais-je l'impression, du moins est-ce ce que je ressentais. A la voir déposer son sac avec empressement, se débarrasser de son manteau, arracher ses bottes en cuir en crispant son visage, dénouer d'un geste brutal la ceinture de sa robe, je croyais lire dans son regard comme un reproche à mon intention, un vague agacement qui me signifiait qu'elle aurait préféré se retrouver seule à cet instant, que je ne reste pas figé à la regarder, que je ne la surprenne pas ainsi au naturel, ainsi débraillée, ma *so romantic girl* plantée dans ses chaussons roses qui juraient avec le classicisme de sa tenue, la mine défaite, gênée soudain, comme démasquée.

C'est dans ces moments-là que son infidélité m'humiliait le plus, quand elle ne faisait pas attention à moi, quand elle me regardait comme si je faisais partie des objets. Alors je sentais naître en moi du désarroi, le même désarroi qu'éprouvent Charles Bovary et Alexis Karénine, ces risibles cocus si injustement décrits par Flaubert et Tolstoï, mes frères d'infortune dont je lisais les mésaventures durant mes insomnies, ces personnages secondaires qui, à mes yeux, étaient les véritables héros, des héros de l'inaction, rigoristes et moraux, dont l'absence de réaction me paraissait moins une faiblesse sentimentale qu'une force de caractère au contraire, moins de la veulerie qu'un accablement légitime, trouvant un héroïsme supérieur aux obligations que les époux s'imposent qu'aux permissions qu'ils s'accordent, à la constance qu'à l'inconstance, aux devoirs de l'amour qu'aux dispenses de la passion ; et, oui, je les comprenais ces cocus, comme si, pour m'atteindre ou m'émouvoir, la littérature devait décrier des expériences connues, des situations que j'avais déjà vécues, et que, sans cela, l'expérience de lire demeurerait partielle, condamnerait à saisir superficiellement les choses, à les envisager sans tout à fait les ressentir, soit à rester à mi-chemin de la connaissance ; et je me disais que si je décidais un jour d'écrire ma propre histoire, de faire un roman sur l'infidélité de ma femme, je ne l'écrirais pas du point de vue de la femme infidèle mais de celui de l'homme trompé, et je ne l'intitulerais pas *Morgan Lorenz*, mais, quand bien même cela sonnait mal, de mon vrai nom : *Pierre Grimaldi*.

J'avais l'impression de sortir d'un rêve commencé huit années plus tôt avec la rencontre de ma femme, d'une histoire dont je percevais les limites temporelles (rencontre le 20 juin 2003 – découverte de son infidélité le 12 novembre 2011), dont je pouvais dater les principaux événements (nos fiançailles le 19 février 2004, notre installation commune le 1er juin 2004, notre mariage le 21 juin 2004, ou même nos voyages : Naples en juillet 2003, Istanbul en décembre 2006, Londres en décembre 2007, etc.), et qui, sans être achevée, se refermait sur elle-même, se déroulait désormais sans ma participation. Pour être plus précis, je devrais dire que ce rêve avait commencé trois mois plus tôt, dès l'instant où mon collègue, Paul Castel, avait prononcé le nom de Morgan Lorenz, et que, si je voulais estimer la durée de notre histoire, il me faudrait non seulement alors remonter plus avant notre rencontre du 20 juin 2003, soit au lundi 17 mars de la même année, mais aussi, puisque son infidélité devait être antérieure à ma découverte du 12 novembre 2011, je devais considérer que notre histoire s'acheva pour ma femme bien avant qu'elle ne s'achève pour moi (dois-je remarquer que, avant ma rencontre avec Morgan Lorenz, j'avais tendance à me situer dans le temps exclusivement par rapport aux études que j'avais faites et aux différents emplois que j'avais exercés – les choses se passaient avant l'obtention de ma licence d'économie, ou l'année de ma maîtrise à l'université Dauphine, ou bien quand je faisais mon stage dans une banque, etc. –, marques de ma carrière, et je me racontais par rapport à mes ambitions ; après ma rencontre avec Morgan Lorenz, je me suis raconté par rapport à mon couple, défini à travers ma femme, ce qui me faisait dire : « C'est l'année où j'ai rencontré Morgan », « A l'époque, nous sommes partis en Italie », « C'était trois ans après notre mariage », et mes repères étaient avant tout affectifs. Maintenant, tout cela était différent, je m'en rendais compte, les événements se fondaient dans une masse de temps et ne se découpaient plus aussi facilement sur l'échelle du temps, et je commençais à penser ma vie en fonction de mon mariage avec Morgan Lorenz et de notre séparation, situés dans une parenthèse de huit années). Ces précisions ne seraient que de simples scrupules comptables si elles ne modifiaient pas la perception de notre histoire et ne me faisaient pas douter d'avoir vécu celle-ci sur le même mode que ma femme, d'avoir ressenti avec elle les mêmes choses en même temps, si elles ne m'incitaient pas à en réviser le sens comme à penser que notre histoire n'existait peut-être plus en tant qu'histoire, je veux dire, que nous continuions de la vivre malgré nous, en sa marge, d'en faire le roman, d'en poursuivre la narration menteuse : il se peut ainsi que ce ne soit pas notre histoire que je raconte, mais une histoire, à tout le moins l'histoire que je crois avoir partagée avec ma femme.

Après l'histoire, que reste-t-il après l'histoire, hormis les souvenirs et les regrets, que reste-t-il après l'histoire sinon le sentiment d'avoir dépassé l'amour, d'être entré dans sa prolongation, son temps additionnel ? Mon histoire est l'histoire d'un survivant, d'un mari trompé assez naïf pour se persuader qu'il est encore aimé, d'un cocu résigné à contempler le désastre de son couple ; mon histoire est l'histoire d'un homme qui ne comprend pas, qui ne comprend plus ce qui lui arrive, l'histoire d'un homme incapable de réagir, de décider quoi que ce soit comme d'envisager son avenir sans sa femme : quand je faisais l'effort d'y songer, je n'envisageais jamais la possibilité de la quitter, mais seulement celle qu'elle me quitte, comme s'il entrait dans l'ordre des choses, maintenant qu'elle me trompait, que ce soit ma femme qui rompe la première. Ce n'est pas par lâcheté que je ne décidais rien mais parce que, ne maîtrisant plus la situation, n'ayant pas d'autres choix que de l'accepter ou de la refuser, j'aurais pris une décision par défaut, qui, de toutes les façons, m'aurait lésé ; si j'étais lâche ce n'était pas de ne pas me décider mais de penser que, censé ne rien savoir, ce n'était pas à moi de prendre une décision ni d'en endosser la responsabilité.

C'est en silence que je me résignais à ces jours, à mon histoire qui s'écrivait sans moi. Sans accepter la situation, je la tolérais. Je réprimais en moi la colère, le sentiment d'injustice, l'envie de parler à ma femme, de lui demander des explications. Par dépit, je m'inventais les conversations que j'aurais voulu initier avec elle, je ressassais les questions que j'aurais dû lui poser, les reproches que je m'étais gardé de lui faire, et qui m'engageaient dans des dissertations intérieures, où je réfutais l'argument que je venais juste d'avancer : il suffisait ainsi que je me formule des questions destinées à faire réagir ma femme (« Pourquoi tu me trompes ? », « Qu'as-tu à me reprocher pour prendre un amant ? », « Pourquoi ne me quittes-tu pas plutôt que de me tromper ? ») pour que j'entrevoie aussitôt leur inanité, puisque ma femme ne savait certainement pas elle-même pourquoi elle me trompait, que, sans doute, elle ne me reprochait rien d'assez grave pour le faire et qu'elle cédait simplement à une attirance physique, puisque ma femme me trompait non pas dans l'intention de me faire mal mais dans celle de se faire du bien ; de même, quand je pensais avoir enfin trouvé la formule parfaite (comme « Tu me dis que tu m'aimes mais tu me trompes »), c'était pour en constater l'insuffisance et prévoir les arguments que ma femme pourrait lui opposer puisque, aussi bien, la fidélité n'est jamais la garantie d'aimer. J'aurais voulu faire cesser mon délire rhétorique, et parler à ma femme, dire quelque chose, n'importe quoi mais, sur le point de parler, je me retenais, j'ajournais.

Alors je lui écrivais : des lettres de séparation, dans lesquelles j'osais lui dire que j'avais appris son infidélité et, sans la juger, tout en m'efforçant de la comprendre, je l'informais que la situation m'était devenue insupportable et qu'il était préférable, pour moi, du moins, de nous séparer ; des lettres de mise en demeure dans lesquelles je la rendais responsable de mon malheur, je l'accusais d'avoir trahi ma confiance, d'avoir gâché notre relation ; des lettres mensongères dans lesquelles je m'inventais une maîtresse, je m'accusais de l'avoir trompée et m'excusais de devoir la quitter – pour lui épargner le courage de le faire elle-même, je m'inventais, je m'exagérais, sentant la part de simulation à l'œuvre dans ma souffrance ; des lettres d'amour, enfin, dans lesquelles je lui disais comme je l'aimais, ce qu'elle représentait pour moi, ce qu'elle m'avait apporté depuis notre rencontre, et je lui évoquais nos plus beaux souvenirs. Mais, ces lettres, je finissais par les jeter.

La nécessité d'agir s'accompagnait de délibérations fiévreuses : quand je ne savais plus quoi faire, hésitant entre parler ou me taire, provoquer ou attendre, rompre ou subir, je m'en remettais à des défis puérils supposés m'informer sur ma réelle envie d'agir (par exemple, le soir, sur le point de regagner mon domicile, je me disais que je m'engagerais à parler à ma femme seulement si elle n'était pas arrivée avant moi, sachant qu'il était rare que cela se produise et que je ne cherchais pas spécialement à la devancer : alors je me souviens que j'appréhendais d'arriver chez moi et me sentais soulagé lorsque j'apercevais la lumière derrière notre fenêtre) ou je fixais des conditions qui décideraient pour moi d'une éventuelle action (je prendrais la résolution de parler à ma femme si jamais elle ne se manifestait pas durant la journée, par mail, téléphone ou texto ; si jamais elle refusait que je lui fasse l'amour un soir ; si jamais elle faisait ceci ou ne faisait pas cela) dont je finissais chaque fois par soupçonner l'absurdité (songeant que ma femme était occupée par son travail, que le silence dont je prenais ombrage n'était pas de l'indifférence et que ses raisons de se refuser à moi, de faire ou de ne pas faire ce que j'attendais, ne justifiaient pas que j'agisse).

Pour me donner l'impression d'agir, je m'autorisais des allusions – si détournées, au reste, que ma femme ne les remarquait même pas, et ruinait mon effort en n'y répondant pas ou en y répondant à côté, comme le jour où je lui dis que j'étais en train de lire un roman formidable : « *Anna Karénine*, tu as lu ? », et qu'elle me répondit : « Si tu crois que j'ai le temps de me divertir en ce moment ! » Je craignais qu'elle ne remarque mes allusions, en même temps je souhaitais qu'elle les comprenne, et plus j'insistais, moins j'obtenais les réponses attendues. Non seulement je n'osais pas lui dire mais je ne savais pas non plus comment lui dire. Je cherchais la formule la plus appropriée, la moins blessante, et je me regardais dans la glace pour voir la tête que je ferais en disant cela : « Ecoute, il faut que je te dise quelque chose, me disais-je, il faut que je te parle ! Je sais, je sais tout, je sais que tu me trompes... » Singerie grotesque, de moi à moi !

La seule fois où je crus la faire réagir fut involontaire : à cause de l'air préoccupé qu'elle surprit sur mon visage, un soir :

— Tout va bien ? me dit-elle.

— Oui, normal !

— Sûr ?

— Sûr, pourquoi ?

— Je me trompe ou tu es soucieux ? Je connais Pierre Grimaldi quand même, depuis le temps, quand il prend son air, comme ça (elle imita ma grimace), c'est que quelque chose ne va pas...

— Oh, rien d'important, les tracasseries habituelles de bureau... !

J'eus besoin d'inventer un mensonge :

— C'est aussi à cause de ce que je viens d'apprendre, dis-je d'un air grave.

— C'est-à-dire..., qu'est-ce que tu viens d'apprendre ?

— ... Mon associé !

— Quoi, ton associé ?

— Je me suis aperçu qu'il détournait de l'argent.

— Et alors, où est le problème, ce n'est pas ton argent à ce que je sache ?

— Le problème n'est pas que ça soit mon argent ou pas mon argent, le problème c'est : 1. que je suis responsable du service comptable et que cela risque de retomber sur moi ; 2. de penser que j'ai vécu pendant des années près de quelqu'un à qui je faisais entièrement confiance et qui, lui, pendant ce temps-là, ne cessait de me mentir et de m'extorquer des informations... Je me sens trahi, tu comprends ?

— Je comprends, en effet !

— Il n'y a rien de pire que de se sentir trahi. Ce n'est pas tant qu'il ait détourné de l'argent, ce ne pas tant que je juge son action, mais c'est de me dire que lui qui se montrait toujours si serviable, si respectueux à mon égard, si amical, il était faux, en fait, oui, c'est de me dire que tout ça était faux. Rien de plus terrible que ça ! J'ai des défauts, j'ai sans doute beaucoup de défauts, mais je crois que je serais incapable de faire cela...

— ... de détourner de l'argent ?

— ... oui, enfin, de trahir, d'abuser de la confiance de quelqu'un ! Je crois vraiment que je ne pourrais jamais faire une chose pareille...

— Je ne veux pas lui chercher d'excuses, mais peut-être qu'il s'est trouvé dans l'obligation de le faire, de trahir comme tu dis, peut-être qu'il est fauché en ce moment, qu'il s'est endetté, et qu'il lui fallait bien trouver un moyen de..., enfin, il doit bien y avoir une raison... On ne trahit pas comme ça, pour le plaisir de trahir !

— Il faut croire que si...! Je crois que personne n'est obligé à rien, qu'il y a toujours une solution avant d'en venir à trahir, et que si on le veut, on peut aussi choisir de ne pas trahir.

— Ce n'est pas toujours aussi simple, enfin, je ne sais pas, je comprends ce que tu veux dire et le sentiment que tu éprouves, mais, en même temps, il me semble que ce n'est pas parce qu'il t'a trahi qu'il ne te respecte pas comme collègue ou comme ami, parfois, on trahit parce qu'on n'a plus le choix, que trahir s'impose, parce que trahir n'est ni plus absurde ni plus lâche que de ne pas trahir, tu vois ce que je veux dire ?

— Mais alors pas du tout !

— Je dis qu'il peut nous arriver un jour à tous de trahir, à toi, à moi, et que personne ne peut affirmer qu'il ne trahira jamais, car, quoi qu'on fasse au fond, on ne cesse pas de trahir, on est tous un peu traître, tu sais, à notre façon, y compris avec soi-même...

— Enfin, qu'est-ce que tu me racontes ! Nul n'est obligé à rien dans la vie, à mon sens, il y a deux types d'individus : les honnêtes gens et les traîtres. Après, on peut toujours expliquer les fautes mais les explications ne justifient rien.

— Peut-être que tu as raison, après tout, ce n'est pas à moi de me mêler de ça... Qu'est-ce que tu vas faire ?

— Si je savais..., je n'ai pas mille solutions : soit, je ne dis rien et je m'en fais le complice, au risque que ça me retombe sur le dos tôt ou tard ; soit, je le dénonce à la direction et il se fait licencier ; soit, je lui en parle et il niera tout en bloc... Tu ferais quoi, toi, à ma place ?

— Quelle question ! Je ne suis pas à ta place.

Il est probable que je vis dans les réponses de ma femme une confirmation de ce que je savais déjà, dans sa défense de la trahison l'aveu de sa propre trahison, et que cet aveu, sans rien m'apprendre pourtant, me donna à la comprendre, à l'excuser en partie, à la reconsidérer aussi, à ne plus voir en elle une simple traîtresse, comme mon dépit m'incitait à le voir, mais une femme contrainte, empêchée, interdite, qui, pour regagner un peu de liberté, s'était trouvée dans l'obligation de trahir ; non pas une vulgaire maîtresse mais une épouse insatisfaite qui, par l'infidélité, n'avait pas renoncé à rester femme ; non pas une fille légère mais une femme responsable au contraire, très consciente de sa faute et de ce que cette faute lui faisait risquer ; oui, il est probable que cette discussion me fit voir de nouvelles femmes en ma femme, d'autres femmes impossibles à relier entre elles, des femmes, complices et ennemies à la fois, que je n'avais jamais soupçonnées, que je n'avais pas voulu soupçonner parce qu'il m'avait sans doute arrangé jusque-là de penser que ma femme ne s'intéressait pas au sexe plus que de penser que c'était moi qui n'avais jamais su l'y intéresser, parce que j'avais préféré l'imaginer sans vie sexuelle et voir en elle une épouse modèle en laquelle je pouvais croire, une femme prude à laquelle je pouvais donner toute ma confiance au lieu de la femme sensuelle que je n'avais moi-même pas été capable d'éveiller et qu'un autre homme avait su, lui, révéler en elle. J'en vins alors à envisager non pas la fausseté de ma femme mais celle de mon jugement, à me dire que ma femme ne m'avait peut-être pas tant trompé que je ne m'étais trompé sur ma femme, je veux dire, que je n'avais su bien voir qu'une partie d'elle-même, saisir un profil parmi d'autres, un profil que, soucieuse de me plaire, elle s'était arrangée pour m'offrir, que je lui avais fait découvrir et qu'elle s'était induite à aimer, comme si elle avait renoncé à être aimée tout entière et que lui importait, dans notre relation, de lire dans mon regard l'effet que ce profil produisait, de se voir confirmer à chaque instant le pouvoir de celui-ci sur moi : un profil qu'elle s'appliquait à incarner, à travailler, à raffiner, et qui était la garantie que je l'aimerais encore. Si je m'étais trompé, en effet, ce n'était pas sur la sincérité de ma femme mais de ne pas penser que ce que ma femme aimait en moi surtout, c'était la manière dévouée dont je l'aimais, l'image flatteuse que je lui renvoyais.

« Si c'était à refaire, entre nous..., tu le referais, dis ? Est-ce que je suis la femme que tu choisirais ? — Pourquoi cette question ? — Comme ça ! »

Observant cette nouvelle compagne, cette inconnue, cette maîtresse légère, ma femme, je me mis en même temps à faire ce que je me serais défendu de faire si je n'avais pas été trompé, ce que j'aurais sûrement condamné chez un autre, oui, je me mis à l'espionner. Je faisais en sorte de ne jamais la laisser seule, me disant que ma compagnie – qui l'empêchait de téléphoner à son amant – finirait par lui peser. Pendant son sommeil ou lorsque je me trouvais seul à l'appartement, je me surprenais à fouiller dans ses affaires, à ouvrir son sac à main, à consulter sa boîte mail, ses relevés de compte bancaire et de téléphone portable : tout cela sans aucun scrupule, avec une exaltation presque enfantine. Au reste, je ne sais pas pourquoi je recherchais des preuves de son infidélité puisque je les avais déjà, pourquoi je voulais m'assurer de ce dont je ne doutais plus, pourquoi je m'acharnais ainsi à me faire mal : sans doute cette recherche insensée me donnait-elle l'impression d'agir, de *faire quelque chose*, de provoquer les événements que j'eusse été moi-même, sinon, par l'intervention de ma seule volonté ou de mon courage, incapable de provoquer.

Je m'en voulais de ne pas lui avoir parlé aussitôt après avoir découvert ses textos, de ne pas lui avoir demandé d'explications, me disant qu'elle aurait beau jeu de nier, de me mentir, de s'indigner et de se plaindre, maintenant que je ne possédais plus de preuves ; et puis, elle se serait méfiée, je n'aurais plus pu la surveiller, notre rapport se serait détérioré, et, au final, tout se serait retourné contre moi. C'est aussi parce que j'avais tout à perdre que je ne disais rien, et si j'étais triste qu'elle me trompe, j'étais sûr que je l'aurais été davantage si elle m'avait quitté. Je l'ai dit, ce que j'aurais souhaité, ce que j'aurais voulu, c'est qu'elle finisse par tout m'avouer, d'elle-même, enfin qu'elle me dise tout. Mais cet aveu, je doutais qu'elle me le ferait, je ne voyais pas pourquoi elle le ferait maintenant. Alors, je la provoquais. J'orientais la discussion sur son travail, j'essayais de la faire parler de ses confrères, des personnes qu'elle était amenée à côtoyer, et lorsqu'elle évoquait l'un d'eux avec insistance, avec cet agacement que prennent les femmes pour déprécier les hommes qui leur plaisent, j'étais envahi par une soudaine bouffée de jalousie, certain, juste à la violence que l'incursion de ce nom me causait, qu'il s'agissait de son amant. C'est de Maître Fabrice Montella que ma femme parla le plus, un avocat spécialisé dans le droit international, « charismatique mais prétentieux » à ses dires, qui, depuis l'instant où je sentis qu'elle s'intéressait à lui, où j'eus l'intuition qu'il était son amant, ne cessa plus de me hanter.

Si, comme il paraît, le bonheur à deux dure le temps de compter jusqu'à trois, alors, oui, en un sens, je fus heureux ces jours-là. Fabrice Montella, dont j'appris, en consultant Internet, qu'il était marié, père de deux enfants, avocat à la cour, avocat au barreau de Paris, diplômé de sciences politiques, titulaire d'un D.E.A. en droit des affaires, se mit à prendre une réalité dans mon existence. Sur les photos, je ne voyais que son air arrogant, qui semblait me défier : « Sais-tu qui je suis, toi, Grimaldi, le petit expert-comptable, toi le cocu qui me regardes ? » Sans doute n'étais-je pas assez objectif pour voir ce que cet homme avait de séduisant, et croire que ma femme lui aurait trouvé du charisme s'il n'avait pas exercé une fonction prestigieuse, mais j'éprouvais, pour la première fois depuis que je connaissais ma femme, de la jalousie, ce sentiment d'insécurité qui, pour nous tourmenter, nous donne l'idée de la passion, l'illusion d'aimer plus intensément. J'étais jaloux de me savoir préféré à un homme dont le statut était supérieur au mien et de me constater remplaçable dans le cœur de ma femme : en choisissant un amant de la même origine que la mienne, parmi les multiples nationalités qui s'offraient à elle, ma femme me donnait à penser qu'elle m'aimait moins pour ce que j'étais que pour ce que je représentais, qu'elle aimait surtout, à travers moi, Pierre Grimaldi, le genre d'individu dont je faisais partie (à savoir un homme d'origine étrangère, francisé, un peu plus âgé qu'elle) et que, de Pierre Grimaldi à Fabrice Montella, d'un Milanais à un Romain, de son mari à son amant, d'un expert-comptable à un avocat, elle recherchait à travers les hommes une même figure masculine, susceptible de lui rappeler un pays qui la fascinait – l'Italie, où elle avait passé toutes ses vacances de jeunesse, où elle avait connu ses premiers flirts – et de lui promettre un bonheur dans lequel elle pouvait se revoir et se projeter, se mirer et se rêver – mais je me sentais injuste de penser cela, ne pouvant nier moi-même, si je retournais le raisonnement, que le romanesque de notre rencontre avait compté dans mon attachement pour elle et que j'avais d'abord moi-même aimé une représentation (le personnage de Morgan Lorenz que mon collègue m'avait décrit) avant d'aimer une personne.

Songeant cela, je me rappelais que Fabrice Montella n'avait pas été le premier avocat à lui plaire, que, avant lui, ma femme m'avait souvent parlé d'un autre, dont le nom m'échappait. Mis à part moi, dont les ambitions se limitaient à l'expertise comptable, je constatais aussi que le point commun des hommes qui m'avaient précédé dans la vie sentimentale de ma femme était une certaine réussite professionnelle, dans le droit et les affaires, et que, cela, j'avais toujours fait en sorte de l'occulter ; et si je me reportais plus en arrière encore, tout au début de notre relation, je me souvenais que j'avais été jaloux de la façon admirative dont, sans s'en rendre compte, sans vouloir me blesser sans doute, ma femme m'avait parlé de son premier amant, un brillant étudiant en droit, major de sa promotion, qui avait fini par devenir un avoué de renom ; à sa suite, il y avait eu un professeur d'université et un entrepreneur de dix ans son aîné, passionné de rugby. Avant de me rencontrer, la vie sentimentale de ma femme avait été instable, à savoir que, si tout ce qu'elle me confia fut vrai, ses relations avaient été tourmentées, passionnées, « compliquées » de son propre aveu – terme que je n'ai jamais bien compris, tant il me semble que les relations ne sont pas compliquées, mais que c'est nous, toujours nous, par trop d'attentes, trop d'exigences souvent, une impossibilité à se satisfaire de notre sort, de ce qui nous arrive ou ne nous arrive pas, qui les compliquons, et que, au fond, il y a moins de relations compliquées que de personnes compliquées, qui, de l'amour et de leur partenaire, attendent les solutions qu'elles n'ont pas trouvées pour elles-mêmes, et dont le miracle, justement, ne peut venir que d'elles-mêmes.

Il n'importe, ce n'est pas l'idée que ma femme eût aimé ces hommes avant moi qui me rendait jaloux, mais le constat qu'elle ait le plus souvent été attirée par des hommes d'un certain milieu, d'un certain statut, assez fortunés aussi, et que seule une certaine catégorie d'hommes semblait pouvoir lui inspirer de la passion, des tourments, du désir et des complications, tout ce dont elle avait besoin, sans doute, pour croire à l'amour, je veux dire, pour croire que l'amour n'était pas seulement une alliance d'intérêts. Ne me réconfortait même pas le choix qu'elle avait fait de se marier avec un homme comme moi, qu'elle m'ait, au final, préféré à tous les autres hommes : je me disais que, dans sa secrète hiérarchie, elle m'avait choisi par défaut, moins parce que je lui plaisais que parce que je la rassurais, moins pour vivre la passion que pour s'en reposer, et, que, au fond, si ma femme était honnête avec elle-même, si elle osait s'avouer la vérité, je n'étais pas son genre.

J'ai dit que la jalousie me dominait sans dire comment elle me dominait, sans dire combien elle me préservait des tracas ordinaires, de l'ennui ; pas une journée ne passait, en effet, sans que je ne me surprenne à penser à eux, ma femme et son amant, à les imaginer dans une chambre d'hôtel ou une voiture, en train de faire l'amour, à deviner, surtout, ce qui m'était plus cruel, le visage épanoui de ma femme quand elle jouissait, son regard contenté et mouillé, heureuse comme peut-être elle ne l'avait jamais été avec moi, heureuse comme peut-être je n'avais jamais su la rendre. Cette pensée m'assaillait n'importe où, n'importe quand, au travail, dans les moments mêmes où j'étais censé demeurer le plus concentré, comme en réunion, avec une soudaineté inouïe, une violence qui ne me rendait plus tellement sûr de l'avoir produite moi-même, qui me pénétrait par effraction. Tout se déroulait comme si je m'étais absenté de mon esprit, comme si, en permanence occupé par l'image de leur couple, j'étais traversé par une histoire qui n'était plus la mienne.

Je me rendais compte que, depuis toutes ces années, je n'avais jamais cessé d'aimer ma femme, de la regarder, de trouver du plaisir à la contempler, à détailler son visage long, émacié, ses grands yeux verts qui avaient cette mélancolie que l'on retrouve dans les figures de Modigliani, une mélancolie qui était chez elle une inclination naturelle, dont elle s'extirpait sans effort dès que je la sollicitais mais à laquelle elle revenait sitôt que la discussion avait cessé ; une mélancolie que je trouvais alors très belle, pudique à la fois, qui lui donnait l'air d'être lointaine, perdue dans ses pensées ; maintenant, sa mélancolie ne me touchait plus et je sentais monter en moi chaque fois qu'elle y revenait un sentiment de jalousie, de colère à l'idée de penser que ce que j'avais pris jusque-là pour de la mélancolie, simple retraite de la pensée, ne fût en fait qu'un désir de se replonger dans des rêveries vulgaires, de se repaître de sa jouissance, une manière sournoise de me tromper encore. Et je me mettais à la trouver lâche de mener une double vie au lieu de jouir pleinement de son amant, de préférer notre couple au lieu de me quitter, d'entretenir avec moi une relation fausse dont elle devait souffrir, de demeurer auprès d'un mari qui ne lui suffisait plus, qui ne la contentait plus, avec lequel elle semblait avoir abandonné l'idée d'être totalement satisfaite et heureuse.

Dois-je dire que la jalousie me rendait médiocre ? J'imaginais que je l'insultais (« Tu prends un amant pour ne pas prendre un avocat : au moins, si nous divorçons, tu n'auras rien à payer ! » ; « C'est pour te défendre de m'aimer

que tu baises avec un avocat ? » ; « Tu collecti-
onnes les Italiens ma parole ! ») ; je la harcelais,
en lui téléphonant régulièrement pendant son
travail, chose que je ne m'étais jamais permise ;
quand j'avais du temps, le midi, je rôdais dans
son quartier, à Passy, sans la prévenir, non
sans m'être informé du restaurant où elle déjeu-
nait : c'est le cœur battant que je la surveillais,
dans l'espoir de la surprendre au bras de son
amant ; dans ces moments, une grande confiance
m'habitait, un sentiment de justice surtout qui
me légitimait et me faisait oublier que je souffrais. J'étais désormais attentif à tous les signes
de son désintérêt pour moi, que j'avais toujours
pris soin d'excuser, que j'interprétais désormais
en ma défaveur, comme les fois où je voyais
qu'elle ne portait pas son alliance, comme les fois
où elle tentait de retirer sa main de la mienne
lorsque nous croisions une de ses connaissances
et que je ressentais sa gêne ; alors je prenais un
malin plaisir à la conserver, sa main, à la serrer
plus fort encore, cette main que, huit ans plus
tôt, j'avais demandé devant Dieu.

Ce n'est pas tout. Je voulus même la surprendre
en flagrant délit. Je m'inventai une obligation
professionnelle et lui fis croire que je partais
trois jours en séminaire, alors que je restai à
Paris et louai une chambre, avenue Frémiet,
dans un hôtel du même nom, situé à proxi-
mité de son cabinet, d'où je pouvais surveiller
ses allées et venues. Naturellement, j'avais pris
mes précautions auprès de mes collègues pour
que l'on me transmette les messages, au cas où
ma femme téléphonerait – ce qui arrivait rare-
ment. J'étais descendu à l'hôtel Frémiet sous le

pseudonyme de son amant, Fabrice Montella, et j'avais réglé la chambre en espèces. Je portais une surveste, un costume gris, une serviette en cuir, un journal en main. Je me montrais distant avec le personnel. J'étais tellement dans mon rôle, en mission ! Pendant des heures, je restais planté derrière le rideau de ma chambre, mais il s'écoulait un temps si long entre le moment où j'apercevais ma femme et où je me retrouvais dans la rue que j'avais déjà perdu sa trace et que mes tentatives de filature avortaient. J'imaginais déjà l'attitude que je prendrais si je devais la surprendre en compagnie de son amant. Cette éventualité m'excitait, parce que je souhaitais en finir avec cette histoire, et m'intimidait en même temps, car j'étais incapable de prévoir ma réaction : que dirais-je, en effet ? Dirais-je même quelque chose ? Pourrais-je seulement me retenir de me battre avec l'homme qui volait ma femme ? Une fois, je vis ma femme sortir, seule ; je lui téléphonai : elle s'arrêta pour répondre, sur le trottoir d'en face, à une vingtaine de mètres de mon immeuble : « J'arrive juste à mon cabinet, dit-elle. Et toi ? — Suis à l'hôtel. — Alors comment c'est Lorient ? — Oh, tu sais, Lorient c'est Lorient ! — J'imagine... » Je me sentais coupable de lui mentir, sans songer que, coupable, elle se sentait sans doute plus que moi.

Cette nuit-là, je rôdai dans mon quartier, désert à cette heure, bientôt minuit. J'avais le sentiment d'y être étranger, de revenir sur un lieu de mon passé et, fixant la fenêtre illuminée de notre appartement, je m'attendais à tout instant à y voir surgir la silhouette d'un autre homme. « Tu fais quoi ? dis-je au téléphone. — Je regarde une série américaine, *The Mentalist*. Et toi ? — Je sors d'un dîner ennuyeux à mourir avec des investisseurs chinois qui veulent s'implanter dans le port de Lorient, tu crois à ça toi, dans le port de Lorient, des malades mentaux ces types ! — Ah ! — Et, maintenant, je m'apprête à retourner à l'hôtel. — Tu sais..., dit-elle, ça me fait bizarre d'être sans toi ! — Et moi donc ! » Elle parlait sur un ton monocorde, qui la rendait sincère. L'idée qu'elle s'ennuyât sans moi, que peut-être mon absence lui faisait appréhender la solitude et prendre conscience du vide de ce que serait sa vie sans moi, si nous devions nous séparer, me réconfortait. Un instant, je me pris à rêver que tout pourrait recommencer entre nous.

Mais le lendemain matin, les choses se passèrent bien différemment. Un homme, plutôt d'affaires, la quarantaine séduisante, attendait non loin de l'immeuble où travaillait ma femme : son amant, j'en étais sûr. Ma femme ne fut pas surprise de le voir, et, sans l'embrasser, elle fit ce geste pudique, complice, qu'elle avait souvent fait pour me saluer en public, de lui effleurer la main. Ils échangèrent quelques mots, cela ressemblait à une explication, et ma femme le suivit bientôt. Au moment où ils s'apprêtaient à traverser la rue, je remarquai que la main de l'homme prenait celle de ma femme. Ma femme portait des mules à talons hauts, robe bleue au-dessus du genou, cintrée pour faire ressortir sa poitrine, étranglée à la taille par un foulard de soie. Son maquillage semblait plus prononcé qu'à l'ordinaire. De ma fenêtre, je ne voyais que son rouge à lèvres. Lunettes de soleil pour cacher ses yeux et oublier qu'il pleuviotait. Ma femme marchait comme je ne l'avais jamais vue marcher, comme une femme doit marcher dans ces moments, j'imagine, de façon fière et conquérante, pour ne pas montrer qu'elle désire s'offrir. Cela me faisait drôle de la voir marcher avec un inconnu. J'avais l'impression qu'elle n'était plus ma femme. Le couple qu'elle formait avec cet homme me paraissait plus réel que mon propre couple. Je ne sais ce qui me prit lorsque je réalisai qu'ils se dirigeaient dans la direction de mon hôtel. Je sortis de ma chambre à la hâte et, le cœur battant, j'attendis dans les escaliers. La voix de l'homme remontait : une voix calme, et souriante oui (je veux dire, une voix dans laquelle s'entendait un sourire), une voix insupportable. Je m'arrangeai pour descendre quelques marches, et les croiser. Il me semblait que j'avais attendu ce moment depuis des mois. J'allais enfin en découdre. Je crus que ma femme allait s'évanouir quand elle me vit. « Alors, comme ça, on visite les hôtels, dis-je. On souhaite peut-être investir dans l'immobilier ? » L'homme ne comprit pas et me toisa : « Nous nous connaissons ? — Moi, je vous connais Maître Montella, mais vous ? Je ne sais pas. Je suppose que Madame Grimaldi-Lorenz ne vous a pas parlé de moi, son mari, Pierre Grimaldi, vous savez comment sont les femmes, si distraites, si oublieuses parfois... ! » Je ne terminai pas ma réplique et, comme dans un film de cape et d'épée, je me laissai glisser sur la rampe pour percuter de plein fouet Montella, qui roula lourdement dans les escaliers. Sa résistance, son orgueil d'homme humilié, le fit se relever aussitôt, avant de compter ses blessures, en titubant. Ma femme criait, sanglotait, me suppliait d'arrêter, mais je ne me contrôlais plus, et pour achever le travail que je venais de commencer, je frappai le visage du pauvre Montella qui bredouilla un « Je vous assure qu'il y a méprise ! », et moi, fort, tout fier : « Je pensais que vous trouveriez une meilleure défense, Maître ! »

Malheureusement, rien n'est vrai de ce que je viens de raconter : cette scène, j'avais besoin de la fabuler. Je n'ai rien fait de tout cela ; non seulement je ne me suis pas battu avec l'amant de ma femme, mais je ne l'ai même pas rencontré ; je ne suis pas le héros que j'aurais voulu être. Dans la réalité, le lendemain soir, les retrouvailles furent différentes. Ma femme ne semblait plus aussi triste que la veille, quand je vins l'attendre en voiture à la sortie de son cabinet. Il pleuvait. Je ne l'avais pas prévenue. Elle sortit à dix-neuf heures, seule. Je klaxonnai. Elle ne me reconnut pas. J'ouvris la portière.

— C'est toi ?

— En chair et en os. Pierre Grimaldi, expert-comptable à la Generali, de retour du bout du monde, de Lorient plus exactement, commune du Morbihan, climat océanique, entièrement rasée pendant la Seconde Guerre mondiale, club de football à budget moyen de ligue 1, le rêve quoi ! Pierre Grimaldi, c'est bien moi, oui, pour vous servir : je vous emmène quelque part chère Morgan Lorenz ?

— Arrête, tu n'es pas drôle ! Qu'est-ce que tu fais là ? Je ne t'attendais pas !

— Eh bien moi, je t'attendais. Monte, je t'emmène dîner !

— Enfin, tu aurais pu me prévenir quand même, je ne sais pas moi, il ne t'est pas venu à l'idée de me le dire au téléphone quand on s'est parlé ce midi !

— C'est ce qu'on appelle une surprise : si je te l'avais dit, ça n'en aurait plus été une !

Elle hésita à dire quelque chose, se reprit. On ne peut reprocher la sollicitude de celui qui vous aime. Je vis pourtant du mépris dans son regard.

— Je suis désolé..., dis-je, je pensais que me voir te ferait plaisir...

— Ce n'est pas ça, bien sûr que ça me fait plaisir de te voir, ce n'est pas la question..., je te dis juste que tu aurais pu me prévenir.

— Ça aurait changé quoi ?

— Rien, ça n'aurait rien changé, c'est juste que je préfère être prévenue, c'est peut-être stupide, je sais, mais, tu me connais depuis le temps, je suis comme ça, c'est tout !

— Ecoute, je suis désolé, mais je ne vois pas où est le problème, j'avais envie de te faire une surprise, notre affaire avec les Chinois s'est conclue plus tôt que je ne le prévoyais, nous sommes rentrés de Lorient dans l'après-midi, j'ai pris la voiture, j'avais très envie de te retrouver, je n'ai pas réfléchi, voilà tout... Franchement, je ne crois pas qu'il y ait matière à en faire un drame.

— Je n'en fais pas un drame, voyons... !

— Si tu en fais un !

— Non, tu ne comprends rien.

— Tu n'es pas contente !

— Bien sûr que je suis contente !

— Tu caches bien ta joie en tout cas !

— Je ne vais pas te sauter dans les bras alors que nous nous sommes quittés seulement hier matin, et puis tu n'étais pas parti très loin : Lorient n'est pas le bagne à ce que je sache !

— On voit que tu n'es jamais allée à Lorient !

— Moque-toi ! Tu me connais, depuis le temps, non ? J'aime planifier les choses, point barre !

— Bon, très bien, puisque c'est ça, n'allons pas dîner alors, et rentrons chez nous..., ainsi ton programme ne sera pas bouleversé !

— Ce n'est pas ce que je veux dire ! Enfin, tu connais les femmes..., tu sais comment elles sont ! Je veux dire que si j'avais su que tu venais me chercher, je me serais habillée autrement, je me serais faite belle...

— Allons, mais tu es belle, je te trouve parfaite comme tu es !

Je me retins de lui demander pourquoi elle semblait aussi nerveuse, mais je ne fis que lui dire en feignant un air vexé :

— Promis, je ne recommencerai plus, je ne te ferai plus de surprises et je t'attendrai tous les soirs à l'appartement comme un bon petit mari, puisque c'est visiblement ce que tu aimes !

— Tu es bête, on ne peut vraiment pas discuter avec toi, tu déformes tout ce que je dis ! Evidemment ton attention est mignonne, et, encore une fois, ça n'est pas la question, mais, pour le principe, tu aurais pu essayer de me joindre... Quand même, tu exagères !

— C'est nouveau ça, tu es une femme de principes maintenant ! Toi, Morgan Lorenz, une femme de principes, allons, laisse-moi rire !

— C'est peut-être nouveau, mais moi je trouve que c'est bien d'avoir des principes.

Elle voulut interrompre la conversation. Je remarquai qu'elle était fardée et qu'elle avait changé de chaussures, conservant des ballerines dans un sac à part. Elle répéta une fois encore : « Tu exagères, quand même ! », parce que, ces derniers temps, elle répétait souvent ces mots, c'était devenu une de ses récriminations favorites qu'elle me ressortait pour n'importe quoi, quand je faisais quelque chose qui sortait de l'ordinaire, ou même quand je ne faisais rien d'extraordinaire : « Tu exagères ! » Certaines fois, elle faisait précéder sa formule d'un « quand même » pour montrer son étonnement devant quelque chose que j'avais dit, quelque chose de mal, selon elle, que j'avais fait ; d'autres fois, lorsque son reproche était plus grave, elle faisait succéder son « Tu exagères » d'un « quand même » renforçant son exaspération. Il pleuvait sur la route. Je songeai à lui dire que Paris était pire que Lorient, qu'il y pleuvait davantage, je faillis lui inventer mon voyage, mais je ne lui dis rien. J'étais tellement dans mon rôle que j'étais sur le point de me convaincre d'avoir été à Lorient. Tout en conduisant, je me tournais vers elle, qui regardait droit devant, la route, les feux de signalisation, les magasins (même depuis la voiture, elle faisait les magasins, ma femme), les badauds sur le trottoir, son avenir peut-être, enfin, je ne sais pas. A voir son air renfrogné, je devinais que je l'agaçais, alors je revins à la charge, sans principes :

— Tu n'es jamais contente ! dis-je.

— C'est possible, oui, que je ne sois jamais contente !

— Enfin quoi, je ne comprends pas ta réaction, qu'est-ce que tu as ce soir ? Hier soir encore tu me disais que je te manquais, et, ce soir, on dirait que c'est ta solitude qui te manque.

— Ce n'est rien.

— Tout à l'heure quand je t'ai retrouvée, tu n'étais pas comme d'habitude..., j'ai eu l'impression..., comment dire, de te faire peur..., oui, c'est ça, de te faire peur...

— Peur, mais peur de quoi ?

— Je ne sais pas, moi, il y a mille raisons d'avoir peur : peur que la vie nous surprenne ou peur qu'elle ne nous surprenne plus, peur de l'autre ou peur de soi aussi... Est-ce que je sais, moi, pourquoi j'ai ressenti de la peur dans ton regard ?

— Si tu veux savoir, là, maintenant, depuis que tu conduis en me regardant, j'ai peur d'une seule chose : que tu grilles un feu rouge et qu'on ait un accident !

Nous rentrâmes directement ce soir-là, sans plus un mot. La radio diffusait *Someone like you*, de la chanteuse Adele. Je conduisais sans penser à rien, je tournais à droite, à gauche, j'accélérais, je débrayais, je ralentissais comme si je n'étais plus maître des gestes que j'accomplissais, bercé par les paroles de la chanson et le doux bruit du moteur. La mission de l'agent Fabrice Montella prenait fin dans la voiture de Pierre Grimaldi. Entre nous, le silence était pesant. Je regrettais d'être venu la chercher, j'aurais voulu être loin d'elle, j'aurais voulu être à Lorient, j'aurais voulu revenir en arrière. A chaque arrêt, mon regard revenait se poser sur ses jambes, ses pieds, son sac à main dans lequel j'avais envie de fouiller, sûr que j'y aurais trouvé les preuves irréfutables (des textos, des photos, des lettres, voire, qui sait, même, comme je l'imaginais, sa petite culotte qu'elle viendrait de changer). Une phrase me vint aux lèvres : « Je suis sûr que tu viens de baiser avec ton amant ! »

En même temps, si comme je l'ai dit, j'éprouvais un plaisir malicieux, enfantin, romanesque, à jouer l'espion, je me méprisais d'éprouver ce plaisir, plus précisément de surveiller ma femme, de lui mentir, de manœuvrer pour la surprendre, d'intriguer pour la mettre dans son tort, de réagir ainsi, sachant que je m'en serais voulu, après coup, de mettre ma femme dans son tort. Tout aurait été plus simple si, sur la durée, j'avais ressenti de la colère contre elle, quelque chose comme de la haine : j'avais certes quelques accès de colère mais j'étais incapable de les avoir longtemps, comme de me laisser dominer par un sentiment de vengeance, une vanité qui m'aurait conduit à humilier ma femme comme elle m'humiliait pourtant, qui m'aurait fait reporter la responsabilité sur elle, et je ne trouvais aucun secours dans la vengeance, aucune allégresse dans le ressentiment. Sans doute y a-t-il au moins trois sortes de cocus : ceux qui accusent leur épouse, ceux qui accusent l'amant de leur épouse et

76

ceux qui s'accusent eux-mêmes : les premiers se convainquent de n'être responsables de rien, les seconds sont convaincus que leur femme n'est en rien responsable, les troisièmes s'imaginent coupables de tout. Je m'accusais ainsi, maintenant que je savais, maintenant que j'espionnais ma femme, je me sentais coupable, de n'avoir su ni la retenir, ni lui suffire, ni la satisfaire, oui, je me sentais en faute d'être trompé, peut-être plus en faute, même, que ma femme, elle, ne l'était de me tromper.

Je croyais découvrir ma femme quand, en réalité, c'est moi que je découvrais à travers ma propre incompréhension et mes doutes, mon atterrement et ma jalousie, et je mesurais l'absurde de mon bonheur passé, combien ce bonheur dans lequel je m'étais vautré, duquel je m'étais gargarisé, n'avait été qu'un leurre, une façon de m'aveugler sur mon couple et de me détourner de moi : si je déplorais que, pour être heureux, à tout le moins pour avoir conscience de l'être, le bonheur dût s'éprouver dans la douleur, se payer d'un malheur, je découvrais en même temps, ironiquement j'allais dire, combien l'infidélité de ma femme m'instruisait, ce que, de l'amour, de mon couple et de moi-même, cette infidélité me révélait ; depuis mon mariage, je me rendais compte, en effet, que j'avais vécu comme ce myope qui, regagnant son domicile un soir d'hiver, recherche, sous un lampadaire, les clés qu'il vient de perdre, et auquel un passant, intrigué et soucieux de lui venir en aide, s'adresse afin de s'assurer que les clés sont bien tombées à cet endroit : le myope répond qu'il l'ignore, que cela n'a pas d'importance et qu'il recherche ses clés sous ce lampadaire parce qu'il s'agit du seul endroit qui demeure baigné de lumière ; moi aussi, à ma façon, durant ces années, j'avais recherché les clefs de mon bonheur là où je pensais qu'il serait plus facile de les trouver, à savoir dans mon mariage et le réconfort conjugal ; non que je ne fusse pas heureux, ce n'est pas ce que je veux dire, heureux je le fus, mais je le fus d'une manière superficielle et suffisante, en renonçant à chercher le bonheur par moi-même, en attendant tout de ma femme, en me contentant de ce qui nous arrivait et en croyant que le bonheur était justement ce qui nous arrivait et que la condition pour qu'il demeure était qu'il ne nous arrive rien d'autre ; moi, c'est en amour que je fus myope.

Ce même soir, sur le balcon éclairé, ma femme téléphonait. Radieuse dans la robe bleue sans manches qu'elle venait de passer. Elle semblait s'être faite belle juste pour téléphoner. Elle ne parlait pas assez fort pour que j'entende ce qu'elle disait, mais, derrière la vitre, du fauteuil où j'étais assis, je la sentais heureuse, je me sentais méprisé. S'il est douloureux d'aimer sans être aimé, il l'est davantage encore de n'être plus aimé, me disais-je en voyant ma femme sourire, car, dans le premier cas, la souffrance d'aimer est faite de l'espoir que le temps modifie les choses, pas dans le second. Il n'y a rien à faire quand l'amour se meurt, sinon en prendre acte. On peut espérer conquérir un cœur que l'on n'a pas encore conquis, alors qu'il est impossible de ranimer un cœur qui a cessé de battre pour vous. C'est la chose la plus cruelle, la plus cynique, la plus désespérante aussi, que nous apprend l'amour : celui qui, jusque-là, vous aimait, s'exaspère de tout ce qui vous concerne, et vous considère, au mieux comme un ennemi, au pire avec indifférence.

Ce n'était plus la même femme avec laquelle je vivais, plus la même avec laquelle je couchais. J'avais connu trois femmes en elle depuis que je l'avais rencontrée – (1) Morgan Lorenz la séductrice, (2) ma femme, Morgan Grimaldi-Lorenz, la docile, (3) l'infidèle –, que je n'arrivais pas à faire coïncider. Je n'aurais su dire ce qui avait changé en elle, peut-être quelque chose dans sa coquetterie, son désir de plaire, je veux dire, dans sa féminité. C'est ainsi que ma femme s'intéressait davantage à la mode, qu'elle, la si classique, s'habillait en Dolce & Gabbana, portait des chemisiers moulants, sur un Wonderbra, qui faisaient jaillir son mince 85 B, et des Dim Up, sous des mini-jupes *girly*, dont on apercevait la lisière dentelée lorsqu'elle s'asseyait, des chaussures Louboutin pour allonger sa silhouette, de la lingerie La Perla pour « se sentir femme », un parfum capiteux pour exister, des pendentifs clinquants pour se faire entendre et des lunettes à monture rouge pour voir la vie plus en rose. Encore une fois, elle envisageait la chirurgie esthétique, elle en parlait, s'émerveillait des poitrines siliconées, des lèvres ou des pommettes botoxées de telle actrice : « Du beau travail, non ? Qu'est-ce que tu en penses ? — Je pense que tu es très bien comme ça ! — Vrai ? » C'était vrai, oui, je la trouvais plus désirable ainsi, ma femme, bien plus féminine quand elle ne cherchait pas à l'être. De même qu'il ne suffit pas à un homme de porter un costume pour avoir du charisme, il m'a toujours semblé qu'une jupe, une belle poitrine, du maquillage ne suffisaient pas à une femme pour être féminine : selon moi, la féminité se joue ailleurs, moins dans les vêtements que dans l'attitude (une femme peut être bien plus féminine en portant un simple jean et des baskets qu'une jupe et des escarpins), une certaine douceur, un certain maintien, droit mais cambré, une façon d'incliner sa tête, de parler et de poser sa voix, d'embrasser les choses du regard, une démarche aérienne, une manière délicate de décroiser des jambes nues et de relever ses cheveux, une pudeur du sourire, une fausse négligence mâtinée d'un air ingénu, soit une manière entendue d'être au monde ; enfin, je saurais mal définir la féminité, dire ce qu'elle est au juste, mais je saurais la reconnaître d'emblée, d'instinct, et dire ce qu'elle n'est pas pour moi (une femme agressive, qui rit aux éclats et parle fort, par exemple). Plus désirable ainsi, en Dolce & Gabbana, ma femme l'était peut-être, même si l'uniforme du féminin la guindait, lui faisait perdre son naturel, la vulgarisait aussi. Elle n'aurait sûrement pas apprécié de lire cette maxime disant que, si la coquetterie est la poésie des femmes, la simplicité, elle, est la coquetterie du bon goût.

Pourtant, je dois reconnaître que c'est ainsi, de penser que ma femme était désirée, que ma femme m'attirait le plus. Je me rendais compte que, si je pensais moins l'aimer depuis qu'elle avait un amant, je la désirais davantage. De fait, nous faisions plus souvent l'amour, quand bien même je devine qu'elle ne pensait plus à moi quand elle le faisait, quand bien même elle devait accepter de le faire pour ne pas que je la suspecte de se refuser. Mais je n'aimais pas sa nouvelle façon, théâtrale, gémissante, de faire l'amour, de me demander chaque fois, si *j'aimais* ; il me semblait toujours qu'elle se donnait en spectacle pour elle-même, et, à cause de cela, je ne parvenais pas à jouir, je simulais. Il est faux de dire que la simulation ne concerne que les femmes, les hommes aussi peuvent faire semblant : pour conserver leur érection, ils ne pensent à rien, ou alors, ils pensent à tout autre chose, à leur travail, à un match de foot, enfin à rien qui puisse les exciter, ce qui leur permet de besogner, si j'ose dire, en pelotage automatique ; puis, quand je sentais qu'elle venait, quand j'en avais assez, je faisais semblant de jouir en même temps qu'elle, pour en finir, pour que ma femme se taise, qu'elle arrête ses gémissements auxquels je ne croyais pas. Moi, ce que je préférais, c'était la prendre dans son sommeil, c'était la caresser, jusqu'à ce qu'elle s'éveille et s'abandonne à mes caresses, excité de m'immiscer dans ses rêves, de m'annuler dans ses fantasmes, troublé qu'elle me dise les mots qu'elle se défendait jusqu'alors de me dire, qu'elle réservait à son amant : « Je suis ta salope ! » Après, quand nous avions joui tous les deux, je lui en voulais, je faisais tout pour m'éloigner d'elle, éviter toute tendresse, comme si ce corps m'avait été inconnu. Son contact me dégoûtait.

Les femmes, maintenant, je veux dire, depuis que ma femme m'avait trompé, je les regardais autrement, ou plutôt, je m'autorisais à les regarder, les femmes, toutes, toutes les femmes, au travail ou dans le métro, les téléphoneuses et les envoyeuses de textos, les dévoreuses de romans et les liseuses de magazines, les coquettes et les refaites affinant leur *gloss* devant une microglace, les rêveuses et les ravies qui sourient toutes seules, les anorexiques et les boulimiques, les dépressives et les resplendissantes, les bavardes et les soucieuses, les sérieuses et les délurées, les piquantes et les affairées, les studieuses et les cool, les belles et les amochées, les princesses et les timides, les futures mères et les femmes-enfants, les matrones et les castratrices, les sages et les hystériques, les douces et les vaniteuses, les célibataires et les fiancées, les « maquées » et celles qui rêvaient de l'être, les « prises » et les « déprises », les épouses et les belles divorcées : aucune ne croisait mon regard mais toutes savaient que je les regardais, toutes se donnaient un air d'indifférente et faisaient comme si elles ne me voyaient pas, comme si l'homme que je suis n'existait pas – les seuls regards que je croisais émanaient, curieusement, de femmes accompagnées d'un homme, qui, sûres de ne pas être importunées, s'autorisaient à me considérer à la dérobée, en feignant de balayer une mèche de cheveux, en esquissant n'importe quel geste justifiant leur regard. Depuis mon mariage, j'avais oublié de regarder les femmes, j'en avais perdu l'habitude, les considérant comme de simples personnes ; mais quand je les regardais, maintenant, ce n'était plus que pour qu'elles me rappellent ma femme.

Sans femmes, je m'ennuie. Les femmes me donnent le sentiment d'exister, l'illusion que la vie est une traversée moins absurde et moins vaine. Je peux passer des heures à les observer, à les écouter. Il y en a toujours une qui arrive à me charmer, par son sérieux ou sa coquetterie, son orgueil ou sa fausse innocence, son enthousiasme ou sa détermination, son désespoir d'être un jour aimée ou sa malice de glisser dans la discussion la plus insignifiante le prénom de leur fiancé. Il y a longtemps que les femmes ont perdu tout mystère à mes yeux mais je continue de les regarder comme si elles en possédaient un, parce que c'est ainsi qu'elles préfèrent être regardées, et parce qu'il faut bien croire à quelque chose. J'ai même la prétention de penser que je les comprends bien – ce qui est un comble quand on sait le malheur qui m'est arrivé ! Je sais que les femmes veulent être uniques dans le cœur des hommes, qu'elles sont jalouses, qu'elles aiment se faire attendre ; je sais qu'elles aiment être admirées mais qu'elles s'agacent de leurs admirateurs, qu'elles méprisent les séducteurs mais qu'elles seront piquées de surprendre ceux-là en compagnies de plus belles ; je sais que, si les femmes espèrent toutes être aimées, ce qu'elles veulent surtout, c'est être désirées, et qu'une femme désirée se passera plus volontiers d'être aimée que l'inverse ; je sais qu'aucune femme n'est innocente bien qu'elles aiment à le faire croire et qu'en toute femme sommeille une petite fille tyrannique ; je sais pour quel genre d'homme elles s'habillent et, quoi qu'elles en disent, qu'il y a toujours un homme caché derrière le décolleté d'une femme, le dénudement de leurs jambes, le cintrage d'une robe ou d'un pantalon, une démarche, une certaine façon de se coiffer et de se décoiffer, un maintien, toujours un homme, un homme réel ou imaginaire, un homme qui vient d'être rencontré ou qui attend de l'être, un homme en vue, un amant, un fiancé, un collègue, n'importe, un homme qu'elles portent en elles, qui les voit comme elles voudraient être vues, un homme invisible devant lequel elles se tiennent, un dieu auquel elles ont envie de croire.

Contrairement à la formule qui veut que « les hommes ne pensent qu'à ça », je pense, moi, Pierre Grimaldi, que c'est précisément le contraire, je veux dire, que ce sont les femmes qui ne pensent qu'à ça, aux hommes, au sexe, quand bien même elles ne le reconnaissent pas. Ce n'est pas que les femmes mentent, c'est juste qu'y penser est devenu chez elles une habitude si bien intégrée qu'elles n'ont plus tout à fait conscience de ne penser qu'à ça, aux hommes et au reste. Si les femmes ne pensaient pas de la sorte, elles regarderaient les hommes comme il serait naturel de les regarder : droit dans les yeux, avec innocence, sans préjuger de leurs intentions. Qui pense le plus au sexe lorsqu'un homme et une femme se retrouvent face à face : l'homme qui regarde la femme parce qu'elle se trouve dans son champ de vision, ou bien la femme dont le regard se perd dans le vague ? Toute la différence entre l'homme et la femme me paraît tenir dans cet exemple, c'est une différence de nature entre celui qui constate (la présence d'une femme devant lui) et celle qui interprète (le regard porté sur elle), entre celui qui prend connaissance de l'autre et celle qui, dans le regard, se voit ou se croit, s'espère déjà ou s'effraie d'être désirée.

Il se peut que le dépit me fasse penser ainsi, quand bien même je continue à les trouver plus vertueuses que les hommes, plus fidèles aussi. Me croira-t-on, et l'on me pardonnera ces généralités d'homme trompé, mais j'ai pour idée que les femmes sont fidèles par nature et qu'elles trompent moins par désir que par vengeance. Je ne veux pas dire qu'elles n'ont pas le désir d'être infidèles, je crois même qu'elles désirent beaucoup cela, je dis seulement que, à la différence des hommes, elles s'autorisent moins à pratiquer l'infidélité qu'à la fantasmer, parce qu'elles se sentent plus coupables, qu'elles ont une conscience supérieure du devoir. Sans doute faut-il avoir un côté féministe pour penser les femmes aussi vertueuses ! Il paraît que certains hommes ont un côté féminin, moi, j'ai un côté féministe : disons que c'est plus héroïque !

Sans femmes, je m'ennuie, disais-je. La vie me devient aussitôt pesante. Je ne me souviens pas avoir déjà vécu sans femme. Avant de connaître la mienne, Morgan Lorenz, je m'étais toujours arrangé pour en avoir une dans ma vie, une de côté si je puis dire, une « au cas où », une par facilité, une par paresse d'en chercher une meilleure, une par peur d'être seul, une dont je savais qu'elle n'était pas la bonne, je veux dire, la femme de ma vie, mais une, une femme, toujours une. C'était tout ce qui m'importait. Je vivais à la surface des choses, volant des instants au temps sans songer m'y inscrire. J'ignore combien j'en ai connu : moi le comptable, je n'ai pas pensé à les compter ! S'il y a bien un domaine dans lequel je me suis interdit d'exercer tout calcul, c'est le domaine sentimental, et s'il y a bien une chose que je me suis toujours refusé à compter, ce sont les femmes ! Certains collègues pratiquent ce genre de comptabilité sentimentale : ils datent le temps de leurs relations, répertorient les noms et prénoms de leurs conquêtes, leur taille, leurs mensurations, leur poids, et se perdent ensuite dans des statistiques aussi savantes qu'insensées : j'en ai connu certains qui tentaient de faire apparaître une dominante de prénoms (par exemple, combien de « Coralie » ont partagé leur vie), d'autres une dominante de signes astrologiques, d'autres encore qui décomptaient la durée totale de temps passé avec l'ensemble de leur conquêtes, dont ils tiraient je ne sais quelles conclusions, je ne sais quelle règle comptable.

Je ne connais pas la probabilité qu'il existe pour un homme de rencontrer la femme de sa vie, j'ignore même si une telle probabilité peut se calculer, mais si je fais l'effort de calculer le nombre de femmes que j'ai connues avant Morgan Lorenz, j'en compte une vingtaine, et, sur cette vingtaine, en trente-cinq ans d'existence, c'est-à-dire dix-sept ans de vie sentimentale (de dix-huit à trente-cinq ans), je pense n'en avoir aimé qu'une seule. Mes collègues estimeraient que, sur un plan strictement comptable, ce rapport 1/vingtaine participe d'un taux d'amortissement faible ; mais, moi, le théoricien de la comptabilité, je leur répondrais qu'ils se trompent, qu'une telle opération se heurte à sa propre abstraction, et qu'il serait plus honnête, plus subtile aussi, d'y faire entrer ce que j'appelle un *coefficient de volatilité* permettant de mesurer avec plus de souplesse la chance statistique de trouver la femme de sa vie : sachant que l'on peut avoir eu cent rapports sans avoir aimé une seule fois comme n'en avoir eu que deux en ayant aimé chaque fois ; que l'on peut aussi avoir connu cent femmes et les avoir aimées chaque fois de façon différente comme n'en avoir connu qu'une seule durant toute une vie sans avoir été amoureux. Je connais trop les chiffres pour savoir qu'ils ne signifient rien, je connais trop les statistiques pour savoir que l'on peut tout leur faire dire, que celles-ci parlent moins qu'on ne les fait parler, et qu'il est sans doute vain d'interpréter ses plaisirs, absurde de mathématiser ses sentiments. En effet, qu'est-ce qu'un homme expérimenté doit sérieusement déduire du nombre de ses conquêtes : qu'il est inconstant ou bien qu'il a peur de la solitude et qu'il lui est tout bonnement impossible de se passer des femmes ?

Dans ma nuit, je n'avais pas vu arriver les beaux jours. Le printemps était là, évident. Un grand soleil inondait Paris. Je ne rentrais plus tout de suite après mon travail. J'avais pris l'habitude de marcher sans but. Certaines fois, si j'avais pensé à prendre des affaires de rechange, j'allais faire du sport pour me détendre, du footing ou de la piscine, et je pouvais courir ou nager pendant une heure sans m'arrêter, ivre de l'effort que je m'imposais. D'autres fois, je me surprenais à faire les boutiques, à m'acheter des vêtements (un costume, des chemises), à passer chez le coiffeur. C'est aussi dans cette période que je troquai ma vieille paire de lunettes contre des lentilles. Je ne crois pas que je cherchais à reconquérir ma femme, plus simplement, je crois que j'avais besoin de me soucier de moi et de me plaire. Cela fonctionnait, au reste. Ma femme me complimentait. En un mois, je perdis cinq ans, et un peu de mon désarroi. A ma façon, je vivais bien son infidélité, mieux que ma femme, de plus en plus morose, fatiguée. Je lui proposais des sorties. Je ne voulais pas rater la sortie du dernier Woody Allen, ni la dernière exposition Chagall au Grand Palais. J'invitais nos amis à dîner. Devant eux, j'exagérais mon enthousiasme, je me montrais plus volubile qu'à l'accoutumée, et, souvent, au cours d'une discussion, je passais tendrement ma main sur la taille de ma femme juste pour que mes amis – qui étaient pour moi des juges – le voient, juste pour donner de ma femme et moi l'image d'un couple heureux, l'illusion qu'ils se trompaient sur nous ; et j'avais plaisir à penser que, lorsqu'ils parleraient de nous, plus tard, dans la voiture, ils diraient que nous nous aimions. Sans me faire à l'infidélité de ma femme, sans m'y résigner non plus, il me semblait que j'avais fini par m'en accommoder, peut-être à y trouver certains avantages, comme un regain de notre sexualité, je l'ai dit, comme le réconfort de la savoir plus épanouie aussi ; par moments même, son infidélité ne me paraissait plus aussi insupportable, et je pouvais croire qu'il m'était égal de vivre avec une femme infidèle.

C'est un de ces soirs-là, au retour d'une promenade, que je trouvai ma femme effondrée dans le canapé. Elle sanglotait, comme une enfant, par saccades, en reniflant et en haussant les épaules. Ses traits creusés, ses cernes ravageaient son visage. Elle avait dû pleurer depuis longtemps. Tout son corps tremblait quand je la pris dans mes bras. Je la serrai. Je l'embrassai. Son désespoir me touchait. Je la préférais ainsi, fragile, vulnérable : alors elle redevenait ma femme. Les choses retrouvaient un ordre. Mais à peine commençais-je à m'attendrir que je me rappelai que cette femme, qui sanglotait dans mes bras, me trompait, et l'idée qu'elle attendait de moi d'être consolée du mal qu'elle me causait, m'éloignait d'elle.

— Qu'est-ce qui ne va pas ?

— Rien..., se reprit-elle, rien..., ce n'est rien..., ça va passer !

— Sûre ?

— Sûre !

— Tu peux tout me dire, tu sais !

— Il n'y a rien, je t'assure... !

— Enfin, tu ne te mettrais pas dans un tel état s'il n'y avait rien, on a toujours une bonne raison de pleurer !

— Moi je ne sais pas pourquoi je pleure...

— Allons !

— ...

— C'est ton travail ?

— Non.

— C'est moi ? Je t'ai dit quelque chose ou j'ai fait quelque chose qui ne te plaisait pas ?

— Non, je te dis, ce n'est rien, je sais que c'est débile, je sais que tu ne vas pas me croire mais je pleure pour rien... Tu vas rire si je te dis que je pleure parce que le bonheur ne me rend pas heureuse..., enfin, le bonheur, tout ce que les gens appellent comme ça, le « bonheur », je ne dois pas être douée pour vivre ça, le bonheur, je trouve que ça a quelque chose de désespérant, tu vois ce que je veux dire ?

Ce que ma femme voulait dire, non, je ne crois pas que je voyais, mais je croyais deviner ce que sa détresse signifiait, la peur et les doutes que ses pleurs exprimaient, et je devinais qu'il avait dû se passer quelque chose dans l'après-midi, une dispute, peut-être une séparation, une demande quelconque, enfin, que la question d'un choix se posait désormais pour elle quant à la suite de sa liaison, je veux dire, quant à l'avenir de notre relation ; l'idée que ma femme en vienne à décider de notre avenir, qu'il se passerait bientôt quelque chose, me soulageait. Maintenant, elle avait cessé de pleurer. Elle me regardait, sans me voir on aurait dit. La position inclinée de sa tête et la tristesse de son regard la faisaient ressembler à un modèle de Modigliani. Je lui répondis que, oui, en effet, je voyais bien ce qu'elle voulait dire. Elle voulut ajouter quelque chose, mais je l'en empêchai :

— Tu sais quoi ? Les vacances de Pâques commencent dans dix jours, nous allons partir ! dis-je.

— Partir..., je ne sais pas si je pourrai, je ne sais pas si j'en ai envie !

— Allons, débrouille-toi, je suis certain que c'est possible et que, comme moi, tu en as besoin. Tu n'auras qu'à déléguer un peu. Une semaine ne sera pas un drame.

— Je ne sais pas si ça sera possible, je ne te promets rien... Où voudrais-tu que nous partions ?

— A Capri, je voudrais retourner à Capri avec toi !

Elle sourit. Elle me fixa de plus belle. Se remit à pleurer :

— A Capri ?

— Tu te souviens, il y a huit ans... ?

— Je me souviens de Capri.

Il ne se passa rien les jours suivants, et, en fin de compte, cette période de tranquillité fut heureuse. La perspective de revenir à Capri, où notre histoire avait pour ainsi dire commencé, où nous étions partis huit années plus tôt, à peine quelques jours après nous être rencontrés, me réjouissait, quand bien même je l'appréhendais, quand bien même je craignais d'être déçu, de ne pas retrouver l'endroit dans l'état où ma mémoire et mes impressions l'avait laissé, je veux dire, d'en tuer le souvenir. J'ai toujours eu peur de revenir dans les endroits où j'ai été heureux, toujours eu peur de mes fantômes : c'est à cause de cette peur que je ne reviens jamais dans la ville où j'ai passé mon enfance, dans la maison où, depuis la mort de mes grands-parents, ma famille continue de se rassembler pour les fêtes, c'est pour continuer de faire comme s'ils n'étaient pas morts, comme si rien n'avait changé, c'est pour laisser mon passé en l'état ; ainsi me suffit-il de penser à eux pour les revoir tels que je les ai quittés ; c'est ma façon de les laisser en vie, ma façon de braver leur disparition. Capri, ces dernières années, je n'avais pas voulu y revenir pour cette raison, pour ne pas effacer les souvenirs de notre premier séjour, mais, depuis l'infidélité de ma femme, je m'avisais que ce scrupule n'avait plus d'importance, que se priver de revenir à Capri était absurde puisque ma femme ne semblait plus impliquée, comme je l'étais, dans notre histoire.

Avant d'arriver à Capri, il faut traverser Naples, des rues encombrées jusqu'à l'embarcadère Molo Beverello, s'être épuisé dans les transports, avoir transpiré, rouspété contre la chaleur et un chauffeur de taxi zélé qui, au prétexte de vous faire gagner du temps et d'éviter les embouteillages de la piazza Garibaldi, vous fait payer une visite improvisée de la ville ; le nôtre, de chauffeur, ne nous conduisit pas à l'embarcadère, mais à la maison d'hôtes où j'avais réservé trois nuits. Je ne souhaitais pas revoir Capri tout de suite, je voulais prendre mon temps. Ma femme en fut surprise, mais ne me le reprocha pas, peut-être parce qu'elle aussi voulait rester dans le désir de revoir Capri, comme en sursis, peut-être parce qu'elle se souvenait que j'aimais Naples et voulait me faire plaisir, car j'aime Naples, et je ne saurais dire pourquoi mais j'aime Naples. Sans doute cette ville donne-t-elle au contemplatif que je suis le sentiment de vivre avec plus d'intensité, de s'embarquer dans une aventure collective, un certain mouvement de vie qui n'est peut-être qu'une trépidation inutile. Lorsque j'y suis, je ne ressens plus le besoin d'aller ailleurs. Naples m'épuise et me régénère à la fois. Sans doute Naples me fascine-t-elle encore parce que

Naples ne ressemble pas à l'idée de Naples, je veux dire qu'elle diffère de la caricature de ville mafieuse, de destination sordide, dangereuse, que les gens donnent de Naples sans voir combien cette ville populaire, cette Italie des Italiens, amphithéâtre ouvert sur la mer, sur laquelle planent comme une menace l'ombre d'un Vésuve en activité et, avec lui, le souvenir lointain d'une désastreuse irruption, incarne le sentiment du tragique, dont elle doit tenir son inconscience, ou plutôt, sa conscience tourmentée, son fatalisme et sa folie, comme un certain désespoir.

Naples, donc, pour revenir à Naples, nous devions y passer trois jours, dans une villa du corso Vittorio Emanuele, sur les hauteurs du quartier des ambassades. Notre chambre, haute d'un plafond en plancher, dallée de marbre, dont l'immense fenêtre donnait sur le Golfe, avait la majesté et l'immensité des pièces d'un *palazzo*, meublées par le vide et une large bibliothèque, un piano à queue, dont les touches étaient d'ivoire, loin d'un lit matrimonial et de deux larges fauteuils, style club-house, au cuir tanné. En ouvrant la fenêtre, on accédait à une terrasse, plus vaste encore, recouverte d'une tonnelle en fer forgé, adossée au mur, sur laquelle s'enroulait une glycine. Je m'y installais le matin, un peu avant huit heures quand le soleil ne chauffait pas encore, seul, pour y prendre mon café. Souvent, la signora Bassani, propriétaire des lieux, m'y précédait. Ignorant que je connaissais la ville, elle m'indiquait les endroits à visiter, me conseillait les restaurants où il fallait à tout prix dîner : « Uffa..., je crois bien que c'est ici qu'on mange les meilleures *sfogliatelle* de tout Naples ! » disait-elle. C'était une femme aux cheveux gris, un peu lasse, qui commençait toutes ses phrases en soupirant, et occupait son temps à chérir sa mélancolie de veuve comme à se plaindre de l'ennui. Les veuves ont un regard si particulier, si vide, qu'on dirait même qu'elles n'en ont plus : devant elle, c'est comme s'il n'y avait personne, elles ne s'adressent plus qu'à elles seules, ou à leur défunt qu'elles doivent imaginer vivant, auquel elles envoient des prières silencieuses. Elles ont toujours l'œil humide, semblent toujours sur le point de pleurer et de s'effondrer, mais, au final, elles ne pleurent ni ne tombent. Celle-ci avait un chic suranné et avait dû être assez belle autrefois. Soixante-dix ans peut-être, un peu plus, un peu moins, dont une quarantaine dédiés à un mari, beaucoup moins à l'amour. Je m'amusais de nos conversations, je veux dire, qu'une veuve s'adresse à un cocu, car, d'une certaine manière, je me sentais veuf moi aussi, et je pouvais la comprendre. La signora Bassani parlait le français avec un accent de vieille dame, pour se rappeler sa jeunesse et les deux seuls voyages qu'elle avait faits à Paris : le premier pour le plaisir de visiter, le second pour le déplaisir de se rendre à l'enterrement d'une amie chère. Son débit était lent, et elle se répétait, sa mémoire patinait sur quelques souvenirs. Avec une certaine malice, elle disait arriver à un âge où, si elle s'écoutait, elle ne ferait qu'assister à des enterrements et que, à force d'enterrer ses morts, à force de regretter tout son monde, il ne resterait plus personne pour la regretter, elle ; et elle souriait de s'imaginer en survivante. De Paris, la signora Bassani conservait l'image d'une ville froide, et triste. Mais il faut dire que la signora n'aimait pas voyager. Elle ne connaissait aucun autre pays, aucune autre ville italienne, hormis Rome où il lui restait un frère, et Milan où elle se rendait chez sa fille une fois par an. Pour rire encore, pour se moquer d'elle et de son côté sédentaire, elle disait aussi que, au fond, il y avait deux sortes d'Italiens, ceux qui vivaient au Nord et ceux qui mouraient au Sud. Mais elle avait beau chercher, elle ne comprenait pas son désintérêt pour les voyages, elle voulait dire, son adoration pour *Napoli* ; ce n'était pas seulement parce qu'elle y avait toujours vécu ou que Dieu l'avait voulu, ce n'était pas non plus parce qu'il y avait tout à Naples, la mer, le soleil, ou qu'elle avait la chance d'y vivre – elle le reconnaissait – dans des conditions très favorables, non, selon elle, il y avait autre chose, elle était certaine qu'il y avait autre chose, une chose plus forte que la volonté de Dieu, mais elle n'aurait pas su dire quoi : « *Ma non lo so perché ?* », se demandait-elle d'une voix songeuse.

Ma femme se réveillait plus tard. Elle n'était pas de bonne humeur au réveil, elle ronchonnait après la literie, après le bruit de la circulation, après la chaleur, après la ville, après la signora Bassani dont la voix l'agaçait : rien n'allait pour ma femme. Il lui fallait toujours un peu de temps pour accepter le désordre des choses, de la vie napolitaine. « Que je suis moche ce matin ! disait-elle en se regardant dans la glace. Mon Dieu, quels cernes affreux j'ai sous les yeux, mon visage est tout bouffi, *una vera strega*, comme disent les Italiens ! On croirait que j'ai fait la fête toute la nuit. Qu'est-ce qu'on dort mal ici, bon sang ! » Je ne répondais pas, non seulement parce qu'il n'y avait rien à répondre, mais aussi parce que je savais que tout ce que j'aurais pu dire, toutes les attentions que j'aurais pu lui manifester l'auraient agacée. J'avais appris à ne pas intervenir quand ma femme se parlait ainsi. « Une bonne douche, un peu de fard, et rien n'y paraîtra plus. Les femmes sont des tricheuses, tu le sais ça, que les femmes sont des tricheuses ? Parfois, j'ai l'impression que les hommes se trompent sur les femmes, qu'ils sont aveuglés par elles, qu'ils ne voient rien. Moi, regarde, je suis une fausse-belle, mais je sais au moins que, toi, tu m'aimes comme je suis ! »

Partout, dans la ville, on ne parla plus que de la chaleur orageuse, partout dans la ville on ne parla plus que de cet événement-là, la chaleur. A la télévision même, dans les journaux, on évoqua trente-cinq degrés, température exceptionnelle pour un printemps, du jamais vu, disait-on. Mais on ne parla pas de la chaleur pour s'en plaindre, comme d'un « dérèglement climatique », on en parla juste comme d'une fatalité, contre laquelle on ne pouvait rien, une épreuve supplémentaire qu'il fallait accepter. Les heures que je préférais pour me promener étaient précisément les plus chaudes, entre quatorze et seize, celles où la ville s'*ensiestait*, celles des rues désertes et des boutiques fermées, celles du temps arrêté où les après-midi faisaient penser à d'autres dimanches, celles où Naples, si vivante, si bruyante, se figeait dans un rêve de province. J'aimais ces heures. J'avais l'impression que la ville m'appartenait. Comme aucune route, depuis notre hôtel, n'accédait directement à la mer, nous devions longer des tronçons de rues aux trottoirs déserts, descendre une partie de la via Crispi jusqu'à la piazza Amedeo avant d'emprunter une série d'escaliers abrupts, ombragés, et des ruelles sombres, au-dessus desquelles stagnait un ciel dégagé, méditerranéen, donnant, comme en miroir, à deviner la nuance d'azur que prendrait la mer à cette heure.

J'ai parlé de ma mémoire, du fait que j'oublie le bonheur, les bons moments ; depuis mon arrivée, j'étais troublé de ne pas retrouver le Naples que nous avions connu huit années plus tôt, de reconnaître si peu de rues, de places et d'églises, si peu de monuments, si peu la mer même, qui, dans mon souvenir, me paraissait plus accessible, moins interdite à la promenade, si peu, encore, les anciennes demeures patriciennes décrépies, aux façades grises, ocre ou rose Bourbon, alignées en enfilade le long de la Riviera di Chiaia, et aujourd'hui ravalées ; je reconnaissais si peu Naples, en fait, que, s'il ne nous était resté aucune photo de notre passage, si rien, aucun document, n'avait pu me l'attester, j'eusse été sur le point de croire que je n'y étais jamais venu, que j'avais tout inventé, comme si mon histoire, insoumise au temps, se recomposait à sa guise et que, pour la réinventer, il me fallait en passer par les chambres noires de la mémoire, une forme d'oubli et de ressouvenir ; comme si, dans mon esprit comme dans mon cœur déjà, nous ne formions plus un couple et que ma mémoire, de fait, nous avait déjà séparés, ne parvenait plus à nous réunir, à nous revoir ensemble par des images précises, parce que l'oubli de Naples était aussi l'oubli de mon couple, un effacement de ses territoires. Ma mémoire agissait dans mon esprit à la manière d'une loupe qui déforme le texte duquel on l'éloigne ou on l'approche, en brouillant les lettres ou en les grossissant à l'excès : si lorsque je me trouvais à Paris, je me rappelais Naples de façon confuse et n'en conservais que de vagues impressions sans rapport entre elles, lorsque je me trouvais à Naples, en revanche, je ne me rappelais plus rien : par exemple, le Duomo, que j'étais certain que nous avions visité huit années plus tôt puisque j'avais conservé les billets d'entrée, non seulement son souvenir s'était fondu avec le souvenir de toutes les églises que nous avions visitées alors, mais, en revisitant le Duomo, je ne reconnaissais rien et j'étais bien incapable de penser que moi, Pierre Grimaldi, j'avais même vu la chapelle du Trésor de San Gennaro. Je me sentais comme envoûté, possédé par une réalité qui n'était plus la mienne et qui, m'empêchant de renouer avec mon passé, me faisait vivre comme dans une fiction, une fiction qui, à la fois, m'annulait et me renouvelait, une fiction qui n'était pas contraire à la réalité mais qui la prolongeait, une fiction qui en était le supplément : pour le dire autrement et de façon plus claire, je dirais qu'il n'y avait plus une seule réalité pour moi, mais deux réalités, parallèles – une réalité réelle dont je ne me souvenais plus, et une réalité fictive dans laquelle je vivais désormais, qui sans doute était l'aveu que la première ne me suffisait plus.

Je ne m'éloigne pas de mon propos. En évoquant mon rapport à la mémoire, je ne fais qu'obéir, déformation professionnelle oblige, à ma manie comptable de tout examiner. Je ne reconnaissais rien de Naples, disais-je, donc, rien sinon les Napolitains eux-mêmes : les rabatteurs insistants des pizzérias du front de mer, les joggeurs paradant sur la via Partenope, les *Carabinieri* impassibles lunettés de Ray-Ban, les hommes d'affaires en costume marine, les *Pulcinella* de comptoir, le vieux Tzigane jouant *O sole mio* sur un accordéon désaccordé, les Vénus minijupées au string apparent, les pêcheurs accompagnant d'un regard bienveillant les flirts de lycéens débraillés, les *scugnizzi* replets, à la peau déjà mate, qui sautaient dans la mer, les nouveaux Valentino Rossi entassés sur des vespas pétaradantes arrachant la ville à sa sieste – admirables figurants d'une crèche éternelle.

— C'est vrai que tu te souviens de Capri, que tu n'as pas oublié notre premier séjour ?

— Bien sûr que c'est vrai ! Quelle question ! Pourquoi aurais-je oublié ?

— Il y a mille raisons d'oublier !

— Parce que tu crois qu'on oublie les choses comme ça ?

— Je ne sais pas. Disons que j'avais peur que tu me dises cela, que tu n'avais pas oublié, juste pour me faire plaisir !

— Enfin, tu me connais, tu sais bien que ce n'est pas mon genre de dire ce que je ne pense pas, mais, si tu veux savoir, si ça peut te rassurer, non, je n'ai rien oublié de Naples et de Capri, rien.

— Tant mieux, dis-je.

— Et puis, cela ne fait pas si longtemps que ça !

— Tout de même, huit ans, ce n'est pas rien, dans une vie, c'est du temps !

— Je ne vois pas les choses ainsi ! A mes yeux, huit ans ne sont rien, enfin pas grand-chose...

— Je ne dis pas que huit ans c'est long, je dis que c'est une durée..., comment dire, assez importante, parce qu'il peut se passer beaucoup de choses en huit ans...

— Que tu es étrange depuis quelque temps ! Je ne suis pas toujours certaine de te comprendre. Enfin, pourquoi sembles-tu soudain si préoccupé par le fait de savoir si j'ai oublié ou non notre premier séjour ?

— Je voulais savoir, c'est tout !

— Je ne sais pas pour toi, mais moi, ça me rendrait triste d'oublier.

— Pourtant, je me demande s'il ne vaudrait pas mieux..., je me demande parfois s'il ne vaudrait pas mieux oublier, je me demande si on n'est pas plus heureux en oubliant.

— C'est lâche, surtout, de vouloir oublier, non ?

— Je ne sais pas, je ne saurais pas expliquer...

— Il n'y a pas de bonheur dans l'oubli.

Ces jours-là, pour moi, se ressemblèrent fort :
je les passais à la terrasse d'un café de la via
Partenope, sans ma femme, qui, pendant ce
temps, devait se promener dans Spaccanapoli,
ou visiter quelques églises, ou faire les boutiques de la via Toledo, je ne savais pas. Ces
derniers temps, j'avais appris à me passer de
ma femme, je m'en sentais moins dépendant
et, de plus en plus, je recherchais la solitude.
J'avais envie d'être seul, et de ne rien faire, sauf
de regarder la mer, la forme de Capri dans le
lointain, noyée dans une brume de mer au large
de Naples, les hydroglisseurs en partance vers
les îles, la ronde des nuages autour du Vésuve,
cet immense aspirateur de ciel. Je crois que je
n'aimais tant Capri qu'à cette distance, depuis
Naples, d'où je pouvais l'imaginer, m'en faire
une idée, la garder dans la même brume que
celle où ma mémoire l'avait laissée, souvenir
égaré qui pouvait me faire croire que cette
île n'avait plus de réalité, que Capri était bien
morte pour moi, et que, comme Capri se noyait
au large de Naples, je me noyais moi-même au
large de mon couple, sans plus savoir ce que

j'en espérais, ce que j'en attendais, ce qui nous attendait ; lorsque j'y songeais, à notre couple, je m'avisais que nous, je veux dire, ma femme et moi, qui ne désirions pas d'enfant, avions jusqu'ici mené une vie routinière, monotone, assez ennuyeuse en fait, de laquelle, hormis le mariage, hormis son infidélité, étaient absentes la passion comme les grandes expériences de l'amour ; c'est pourquoi j'en venais à penser que cette infidélité, en avais-je souffert, en souffrais-je encore, était au fond le seul événement notable qui nous était arrivé, la seule véritable aventure que j'avais vécue depuis notre mariage, fût-ce à travers ma femme, fût-ce par procuration, et que, grâce à son infidélité, si j'ose dire, mon expérience affective s'était enrichie, approfondie, puisque non seulement cette infidélité m'avait fait questionner la nature de mon attachement à ma femme, comprendre comment je l'aimais, qui j'étais en amour, quel rôle j'avais décidé d'incarner auprès de ma femme, quelle sorte d'amant et d'amoureux j'avais choisi d'être en sa compagnie, mais aussi, et surtout, son infidélité à laquelle j'étais sur le point de consentir, qui m'avait converti à une nouvelle forme d'amour, était en train de me faire devenir un autre homme.

Quand ma femme me retrouvait, elle s'installait à mes côtés, de façon à observer la mer et les passants. Elle me racontait son après-midi. Elle parlait beaucoup, et toujours, de choses anodines, de tout ce qui se présentait à son esprit, des églises qu'elle avait visitées, des robes qu'elle avait essayées, des chaussures qu'elle voyait sur les femmes, des chaussures qu'elle achèterait et qui viendraient s'entasser dans un placard, augmenter sa déjà impressionnante collection – une variation d'escarpins de différentes couleurs, de différents cuirs, de différentes formes. Elle se plaignait aussi des hommes insistants, des « lourdauds » (elle prononçait « lourdos ») qui l'accostaient dans la rue, mécontente d'être abordée par des hommes qui devaient ne pas lui plaire comme de penser, peut-être, qu'elle n'attirait plus qu'une certaine catégorie de badauds d'âge indéfinissable, pas assez distingués pour elle : « Je n'aime pas comme les Italiens considèrent les femmes, les Françaises, et les touristes surtout, j'ai l'impression qu'ils nous prennent toutes pour des putes ! » Pas un instant je ne pensai que ma femme me racontait ces anecdotes – qu'une femme sollicitée, comme elle, prend l'habitude de taire – pour me rendre jaloux ; pas un instant je ne pensai que ma femme cherchait à me faire comprendre autre chose, une chose essentielle, dont, au reste, je ne doutais pas : qu'elle plaisait aux hommes, qu'elle était désirable, et que je devais faire plus attention à elle si je voulais la conserver, que je ne devais pas la laisser ainsi se promener seule dans une ville où elle serait sollicitée ; pas un instant je ne pensai qu'une demande se dissimulait sous sa doléance, une prière sous sa plainte. « Tu ne trouves pas que cette jeune femme est sexy ? », me demandait-elle parfois, comme si elle avait senti que ce n'était plus seulement elle qui s'éloignait de moi, mais moi, désormais, qui m'éloignais d'elle.

— Tu n'en as pas assez de regarder la mer ?

— La mer, je n'en ai jamais assez de la mer, je pourrais la regarder pendant des heures. Je pourrais ne faire que ça. C'est impossible pour moi de faire autrement, de ne pas regarder la mer. Je crois pouvoir comprendre ces pêcheurs qui restent tout l'après-midi sur les rochers, à fixer leur bouchon.

— Si tu veux mon avis, ils ne pensent à rien tes pêcheurs, sinon au poisson qu'ils vont mettre dans leur assiette ce soir !

— Je ne crois pas que ce soit aussi simple, je ne pense pas qu'ils pêchent uniquement pour se nourrir, sans quoi ils s'y prendraient autrement pour en pêcher davantage, et ils ne relâcheraient pas la moitié de leurs prises ; non, je pense qu'ils cherchent autre chose en restant ici.

— Moi, je ne vois pas ce qu'ils peuvent chercher. Quelle drôle de vie quand même !

— Je ne pense pas qu'ils soient à plaindre, tu sais, et à mon avis, même, ce sont eux qui doivent nous plaindre.

— Tu es bizarre ces jours-ci, je trouve, depuis que nous sommes arrivés à Naples ! Tu as changé. Je ne te reconnais plus. Nous revenons à Naples où il y a mille choses à faire, mille églises à visiter, et toi tu passes ton temps à regarder la mer comme tu pourrais le faire n'importe où !

— Je sais que tu dois trouver ça stupide, mais Naples n'est pas n'importe où et ce n'est pas la même mer partout, ce n'est pas du tout pareil de regarder la mer à Naples que la regarder ailleurs !

— Moi je ne vois pas bien, il faudra que tu m'expliques ! Pour moi, il n'y a pas de différences : la mer c'est la mer !

— Ce serait trop long à expliquer, je pense, et j'aurais peur de ne pas trouver les mots pour définir précisément mon impression, ce que je ressens en regardant la mer ici !

— Tu te défiles toujours, tu ne veux jamais dire les choses, tu ne parles jamais de ce que tu ressens.

— Ce n'est pas ça, c'est que j'ai peur de ne pas être compris. Je sais que tu vas discuter, contredire, et que tu ne vas pas forcément chercher à me comprendre.

— Essaie toujours !

— Je n'en ai pas envie. Je n'ai pas envie de discuter pour avoir raison, ça ne m'intéresse pas... C'est vrai que je ne veux rien faire, que je n'ai pas envie d'aller à Capri, je suis épuisé, il y a que j'ai besoin de me reposer, de me refaire, parce que cette année a été pénible pour moi, et je ne saurais dire pourquoi regarder la mer, ici, sous cette lumière, m'apaise.

— Comme tu veux, fit-elle, vexée, après tout si ça te chante de rester à Naples. Fais ce que tu veux, moi, demain, avec ou sans toi, je retournerai à Capri. J'en ai plus que marre de cette ville crasseuse et bruyante. Je n'aime plus Naples.

— Je peux comprendre, dis-je, tu feras comme tu voudras. On verra demain. Mais je ne sais pas s'il est possible de ne plus aimer cette ville. Naples, on l'aime ou on la déteste, mais on ne peut pas ne plus l'aimer, ça ne me paraît pas possible ; pour dire ça, je crois qu'il faut ne jamais avoir aimé Naples !

— Peut-être que je n'ai jamais aimé Naples, je ne sais pas...

Elle se retint de dire autre chose. A la table devant nous, des hommes débattaient du sort du match Juventus-Napoli qui allait avoir lieu le dimanche. Les anciens se rappelaient avec émotion les exploits de Diego Maradona, tandis que les plus jeunes, eux, dont certains affublés du maillot du club, distribuaient des actes de décès de la Juventus. Je souris en lisant le titre de la *Gazzetta dello Sport* : « *La notte del giudizio* ».

C'est la nuit qui suivit ce différend, notre troisième nuit à Naples, que ma femme finit par tout m'avouer. J'ignore l'heure à laquelle elle vint me rejoindre sur la terrasse de la villa, trois heures, un peu plus, un peu moins, cela n'a plus d'importance. La nuit moite sentait la glycine. On ne distinguait plus la mer, noire comme la lave, béance dont on devinait les contours, le tracé, en suivant des yeux l'alignement des lampadaires de la via Partenope jusqu'à la colline du Pausilippe. Tout au loin, au pied du volcan, des quartiers encore illuminés, des bandes d'habitations scintillantes, incandescentes, d'où partaient des feux d'artifice furtifs :

— On dirait qu'il y a une fête près du Vésuve ! dit ma femme en surgissant de la chambre.

— Tu as raison, ça ressemble à une fête. On m'a expliqué que les Napolitains faisaient des feux d'artifice pour fêter une bonne nouvelle, une naissance, un mariage, et même, paraît-il, dans les quartiers mafieux, pour signaler l'arrivée d'une marchandise... J'aime cette idée, de communiquer avec le ciel, d'improviser des étoiles dans la nuit. C'est à la fois si enfantin et si poétique !

Il y eut un silence. Ma femme vint s'asseoir près de moi. Elle regardait droit devant elle, la nuit, ou ce qui devait être la mer, on ne voyait plus.

— Tu ne dors pas ?

— Je n'y arrive pas.

— C'est la chaleur, c'est impossible de dormir avec cette chaleur !

— Ce n'est pas ça ! dit-elle agacée. Il faut que je te parle, il faut que je te dise quelque chose !

Je ne l'avais jamais vue aussi grave. La fatigue tirait les traits de son visage. Elle semblait avoir ramassé toutes ses forces pour parler. Je savais ce qu'elle allait me dire. J'avais attendu ce moment depuis si longtemps que je n'en étais pas surpris et j'avais l'impression que, depuis l'heure où j'avais appris son infidélité, le temps ne s'était écoulé que pour vivre cette scène, que pour me retrouver une nuit face à elle et l'entendre me dire qu'il fallait qu'elle me parle, oui, j'avais l'impression que tout avait tendu vers l'instant de cet aveu, que, pour des motifs différents, nous avions fui : ma femme, par peur de me blesser ; moi, par peur de perdre ma femme.

— Je t'ai trompé, dit-elle enfin, tu sais, je t'ai trompé..., pendant plusieurs mois, je t'ai trompé. C'est arrivé comme ça... Tu ne me croiras peut-être pas, pourtant, je n'ai pas compris comment c'est arrivé, je n'ai pas cherché, je ne voulais pas te tromper... il faut que tu me croies, j'aimerais que tu me croies. Si tu veux savoir, et je ne t'en ai jamais parlé pour ne pas te rendre jaloux, depuis que nous sommes ensemble, j'ai souvent été sollicitée par des hommes, mais je n'ai jamais désiré aller avec l'un d'eux – l'idée même me dégoûtait. Et puis, je ne sais pas ce qui s'est passé, cet homme ne m'attirait pas, je le trouvais même arrogant, assez prétentieux, trop sûr de lui…, il a commencé par me faire des avances auxquelles, d'abord, pendant des semaines, je n'ai pas répondu, auxquelles je n'avais pas l'intention de répondre, et puis…, et puis, tout est allé très vite, je n'ai rien compris, je ne pourrais vraiment pas t'expliquer pourquoi, un jour, j'ai cédé. Je crois que c'est la situation qui me plaisait. Nous sortions d'un déjeuner d'affaires. Nous nous sommes retrouvés tous les deux. Il faisait chaud ce jour-là. J'ai compris à son regard qu'il avait envie de m'embrasser, et j'ai eu envie qu'il m'embrasse. Je croyais qu'ensuite je saurais lui dire non. Je ne voulais pas que ça aille plus loin, je le jure. Je savais le faire avant de te connaître, dire non, me refuser, tu sais ! Je t'assure, c'est une chose que je savais faire. Mais il m'a embrassée, et…, comment dire, je n'ai pas su, je ne maîtrisais plus rien…, de sentir une autre bouche que la tienne, un autre parfum, d'autres mains sur mes hanches. J'avais l'impression de revivre…, c'est idiot, je sais, mais j'avais de nouveau vingt ans. Il m'a raccompagnée à mon cabinet, et quand il m'a proposé d'aller à l'hôtel, je ne sais pas pourquoi, j'ai dit « oui »…, j'ai dit « oui », je l'ai suivi…, et tout s'est enchaîné trop vite, je ne m'appartenais plus, je ne me reconnaissais plus… Ce n'était plus moi qui agissais, plus moi qui venais de dire « oui », plus moi qui suivais cet homme dans la chambre, plus moi je te dis... ! C'était une femme en moi qui parlait et qui agissait, une autre femme... Je n'étais plus à moi... Tu peux me croire ? Des semaines ainsi, je me suis perdue. Le plus étrange est que je ne faisais rien pour me défendre, je me laissais aller, je me laissais tomber. Je ne crois pas que j'étais attirée par cet homme, je crois que j'étais attirée par le rêve dans lequel, sans le savoir, il me permettait d'entrer : je me regardais faire, je vivais à côté de moi, en spectatrice, j'étais bien, voilà..., tu sais tout ! Je sais que ce n'est pas glorieux. Je n'attends pas de toi que tu me pardonnes, je sais que je t'ai déçu, que tu me trouveras malhonnête, et tu auras le droit. Après ça, tu risques de me détester, mais je voudrais au moins que tu saches, même si j'imagine que cela ne te consolera pas, que : 1. je n'ai jamais aimé cet homme, et, 2. tu n'as rien à voir dans tout ça, que ce n'est pas ta faute si je t'ai trompé, que tu n'as rien à te reprocher, et tu as toujours été un mari formidable, rassurant pour moi... Je crois qu'à ce moment donné de ma vie, l'insistance de cet homme m'a touchée, l'idée qu'un homme insiste autant pour m'avoir m'a fait plaisir, m'a rendue à moi-même, et je crois que j'en avais besoin, que j'ai eu envie d'autre chose, de vivre une aventure, de me prouver je ne sais quoi, de me sentir désirée par un autre, de me sentir femme, de me sentir à nouveau femme sans doute, oui, j'ai eu envie que quelque chose..., je ne sais pas quoi, un événement, une histoire m'arrive..., j'espère que tu me comprendras.

Oui, en un sens, je la comprenais, je comprenais ce désir d'aventure, d'ailleurs, de romanesque, et, pour un peu, j'eusse été sur le point de lui donner raison, mais je ne lui dis rien ni ne la questionnai, comme elle devait s'y attendre. J'avais l'intuition de tout ce qu'elle me dirait et je ne voulais plus rien savoir, tout cela, pourquoi elle m'avait trompé, avec quel homme elle avait *fait ça*, si elle l'aimait ou le désirait plus que moi, si elle le voyait encore, ce qu'elle comptait faire avec lui ne m'importait plus. Ma curiosité s'était comme éteinte. Mais elle continua à parler ainsi, seule, dans la nuit de Naples, à m'expliquer comment s'était passée la chose, à me livrer les détails sordides de son infidélité, les rendez-vous, l'hôtel, son amant, leur dispute et leur séparation, ses regrets : elle ne m'épargna rien. Je voulus l'en empêcher, lui dire que cela ne m'intéressait pas, qu'elle ne m'apprenait rien ou peu de choses, que j'avais lu ses textos, fouillé dans ses affaires, que je l'avais suivie, je voulus lui dire que ce n'était plus la peine, que ces explications m'étaient désormais inutiles, que cet aveu survenait trop tard, mais je me tus, me donnant même l'air accablé que mon visage eût normalement dû montrer, me composant un masque triste pour lui donner le change et ne pas la voir s'humilier seule. « Pourquoi as-tu fait ça ? » répétais-je.

Après cela, après cet aveu, il ne fut plus question de retourner à Capri, même, il ne fut plus question de rien. Il nous restait deux jours de vacances, deux jours à tuer. J'aurais préféré être seul. Je lui en voulais d'être là, de me suivre partout, comme je lui en voulais de ne pas m'avoir fait cet aveu plus tôt, d'avoir attendu d'être à Naples pour le faire, de tout gâcher, même si je comprenais que le drame a besoin des plus beaux théâtres pour se jouer et que faire cet aveu, ici, à Naples, avait un sens pour elle, manière, j'imagine, de réparer sa faute, de solder ses comptes avec notre passé. Nous ne nous quittions plus, formant de nouveau un couple. Ma femme ne se plaignait plus. Naples semblait lui convenir. Elle était redevenue la femme d'avant, la première femme, la femme dont j'étais amoureux, tendre et attentionnée. Comme ces heures me semblèrent longues pourtant ! Il y avait désormais de la gêne entre nous, et, je m'ennuyais en sa compagnie. Quand nous marchions, elle me prenait le bras ou la main, comme elle aimait le faire avant, mais il n'y avait qu'elle, en fin de compte, que son aveu avait soulagée. Cet aveu ne changeait rien pour moi, il n'avait dissipé aucun de mes doutes concernant l'avenir de notre relation : maintenant que j'avais la confirmation que ma femme m'avait trompé, je devinais que vivre à ses côtés serait infernal, qu'il n'y aurait plus de trêve entre nous, et que, sans doute, je n'en finirais plus de la soupçonner, de la surveiller, de l'espionner, de m'inquiéter de ses retards ; je savais que je ne la regarderais plus écrire un texto sans penser qu'elle écrirait à son amant, et que je ne pourrais m'empêcher, malgré tous mes efforts pour ne pas lui tenir rigueur de ce qu'elle avait fait, d'interpréter en permanence tout ce qu'elle dirait ou ne dirait pas, ses moindres faits et gestes, ses allées et venues, de vivre dans un enfer de signes ; surtout, je ne pourrais plus jamais regarder ma femme comme je la regardais avant son infidélité, avec innocence, comme on doit regarder l'être qu'on aime : son aveu ne pouvait effacer sa trahison, et, si je n'étais pas rancunier, si je me sentais capable de la lui pardonner, j'étais sûr que demeurerait cette ombre entre nous, cette suspicion menaçante, oui, je doutais de pouvoir lui redonner toute ma confiance comme de vivre près d'elle sans me déchirer avec l'idée qu'elle continue de me mentir.

Cette éventualité, je me la figurais si douloureusement que je me sentais déloyal envers ma femme et je m'obligeais aussitôt à relativiser la portée de sa faute, à ne pas l'exagérer, à ne pas réduire nos belles années de vie commune à cet écart, songeant que le temps m'aiderait à l'admettre et que ma femme tirerait de son expérience une leçon de sagesse. Je m'efforçais alors de me remémorer tous les bons moments passés avec elle, dont elle m'avait fait profiter, mais, dans la balance de mes souvenirs, c'était comme si l'expérience de son infidélité annulait tout le reste, les autres expériences (le mariage, la vie commune), comme si huit années entières avaient moins d'importance que quelques heures légères, comme si l'amour durable était inférieur à sa fulgurante passion, la sexualité régulière à la jouissance volée : je voyais la bêtise des balances, la tricherie des bilans chiffrés alignés comme des preuves d'amour, la trahison de toute cette comptabilité sentimentale en laquelle, jusque-là, je n'avais pourtant cessé de croire ; autant que je puisse m'avouer les choses, je ne pense pas que j'en voulais à ma femme, d'une certaine manière, même, je la remerciais de m'avoir révélé, grâce à son infidélité, une nouvelle dimension de l'amour : que sans doute aimer ne se résume pas à des intérêts communs (tels que se marier, vivre ensemble ou avoir des enfants), mais qu'aimer signifie autre chose, trahir, en actes ou en pensées, mais trahir, car sans doute n'y a-t-il pas d'amour sans renoncer à son idée, et ne peut-on aimer sans s'être inquiété de trahir et d'être trahi, sans perdre une première fois en soi l'être qu'on a aimé, sans s'en éloigner physiquement, sans avoir, je dirais, la nostalgie de son désir.

« Je ne rentrerai pas à Paris, dis-je à ma femme le matin de notre départ, en la regardant faire ses valises, je ne rentrerai pas avec toi, je vais rester ici, à Naples, pendant quelque temps, je ne sais pas combien de temps encore, je verrai, je verrai bien, j'ai un peu d'argent de côté, j'ai téléphoné au bureau hier, je les ai informés que je ne rentrerais pas, j'ai pris un congé sabbatique, j'en ai besoin, je crois que nous en avons besoin tous les deux, que c'est le bon moment pour nous de faire une pause... Voilà, je ne sais pas ce que je ferai ici mais je sais que je n'ai plus rien à faire à Paris, que je n'y ai plus ma place, je sais que ma vie n'est plus là-bas, dans les bureaux, oui, je sais maintenant que ma vie est ailleurs. » Mes paroles s'enchaînaient facilement, suivant une logique mystérieuse que je n'aurais pas trouvée si je l'avais recherchée et dans laquelle la tristesse – de me séparer de ma femme, de l'accompagner au taxi et de voir qu'elle retenait dignement ses larmes, (« Je comprends », murmura-t-elle avant de monter dans le taxi) – le céda bientôt à un sentiment de pitié, de délivrance quand je me retrouvai seul et vis s'éloigner son taxi au bout de la via Crispi : j'avais l'impression que ce n'était pas seulement ma femme que ce taxi emportait, mais, avec elle, mes tourments, mes soucis, une bonne partie de mon malheur.

Sûre de comprendre ce qui se passait en me voyant revenir seul, me croyant sans doute triste, je veux dire, plus triste que je ne le montrais, la signora Bassani prit un air désolé. Elle m'invita dans son salon, où le calme et la fraîcheur régnaient. Sur la table basse, près du large fauteuil où je m'assis, le magazine *Grazia*, dont la couverture titrait ainsi : « *Dieci anni per riuscire* ». La signora Bassani, debout, figée dans sa posture de maîtresse de maison, tournée vers la baie, se crut obligée de me faire partager sa sagesse à coups d'aphorismes, et me dit qu'il n'y avait pas d'amour sans légèreté, que l'amour était trop sérieux pour qu'il faille le prendre au sérieux – je me souviens qu'elle reprit le mot de je ne sais plus quel auteur : *Credo ché les donne sono fatte per essere amate, non per essere comprese.*

D'autres vacances commencèrent pour moi. Le départ de ma femme me replongea dans la paresse qui m'avait assailli dès mon arrivée à Naples. Je ne m'ennuyais pas. Moi qui, durant ces huit dernières années, ne m'étais jamais retrouvé seul plus de trois jours, et qui, je l'ai dit, détestais me séparer de ma femme, même pour de courtes périodes, je m'avisais que non seulement ma femme ne me manquait pas mais que cette solitude me convenait. J'étais loin de me laisser gagner par la nostalgie, et tout en ne cessant de penser à ma femme, j'y pensais sans tristesse, sans rancune, sans plus de jalousie (je ne lui téléphonais ni ne m'inquiétais plus de savoir ce qu'elle faisait de ses soirées, avec qui elle les passait, etc.) à tel point que, par moments, je pouvais m'en croire détaché ; mais il suffisait que je croise un couple de touristes français, que j'entende une chanson qui nous avait accompagnés lors d'un voyage, que je lise sur Internet un article sur Paris, pour qu'aussitôt je ressente la précarité de mon nouveau bonheur.

Naples m'occupait. La chaleur ne m'insupportait plus. Je pouvais marcher pendant des heures sans ressentir de fatigue. Je me perdais dans Spaccanapoli, dédale de ruelles encombrées et bruyantes qui est le cœur battant de la ville. Je n'avais pas non plus peur à Naples, même la nuit lorsque je traversais les quartiers espagnols, réputés dangereux, me disant sans doute qu'il ne pouvait plus rien m'arriver de grave maintenant, que mon malheur me protégeait. J'évitais seulement de repasser devant les lieux qui nous étaient familiers, craignant de me rappeler ma femme. Je n'ai pas peur des hommes, j'ai peur de leurs fantômes.

Naples est une ville fantastique pour s'oublier. C'est sans doute une raison pour laquelle les touristes ne l'apprécient guère, ne s'y arrêtent pas, mais y passent, ne font qu'y passer, une nuit ou deux, le temps de voir le Taureau Farnèse au Musée archéologique, le trésor de San Gennaro au Duomo, un Caravage au Capodimonte, et la baie. Naples nous habite sans nous donner la liberté de l'habiter, elle nous dévore sans nous donner le temps de rien. C'est pour cela que les touristes ne pensent qu'à la fuir. On ne veut ni mourir à Naples ni laisser de traces, ni laisser trop de soi. A Naples, on ne regarde pas sa montre, on l'enlève, et l'on se prend vite fait en photo, par peur de se faire voler son appareil, sans penser que ce que les *scugnizzi* nous volent, est moins une montre ou un appareil photo, que du temps, du mémorable, rien que cela. Les Napolitains n'acceptent qu'on vole leur temps que si l'on se donne la peine de le prendre.

Ces jours d'oubli restent pour moi ceux dont je me souviens le mieux. Le mardi de la deuxième semaine, je reçus un courrier de ma femme. Dès que la signora Bassani me tendit l'enveloppe, je reconnus l'écriture nerveuse de ma femme, sa façon d'arrondir certaines lettres et d'en exagérer les formes. Cette enveloppe, je ne l'ouvris pas tout de suite, je la glissai dans ma poche pour la lire plus tard. Je m'attendais à ce que ma femme m'écrive et j'imaginais qu'elle souhaitait me faire part de ses regrets, me demander une nouvelle fois pardon, me dire qu'elle comprenait mon besoin de solitude. Parce que la souffrance ne nous appartient pas, elle nous rend prévisibles, et ne nous laisse guère que le choix entre la colère et la résignation, la rancœur et la compréhension. Je connaissais assez ma femme pour savoir qu'elle ne me jugerait pas. Sa lettre ne m'apprit rien que je ne savais déjà, dont je n'avais pas eu l'intuition. Elle regrettait ce qu'elle appelait sa « grosse bêtise », elle jurait de n'avoir plus de liens avec son amant, elle se soumettait à ma décision et se montrerait patiente ; ce qu'elle voulait, en somme, ou plutôt, ce qu'elle ne voulait surtout pas, c'était rompre, divorcer : « Ce serait mon échec si nous nous séparions, mais je l'assumerais. Je voulais te dire aussi que cette expérience m'avait fait comprendre une chose : que je ne pourrais pas me passer de toi. Je veux que notre vie reste la même qu'auparavant. » Autour de moi, à la terrasse du café de la via Partenope où, comme chaque matin, je m'étais installé, je me souviens que des habitués riaient entre eux (« *Non posso coricare con una donna se non l'amo, ma, il problema, questo è che sono innamorato di tutte le donne* », avait dit fièrement l'un d'eux) et que leurs rires faisaient comme partie de sa lettre, interféraient dans sa tristesse.

Je restai plusieurs jours sans lui répondre, non pour la faire patienter, mais parce que je ne savais pas quoi lui dire, parce que je n'avais pas envie d'écrire, que je n'avais pris encore aucune décision sur mon futur, et que, en lui écrivant sur le coup de l'émotion, je me serais contraint à lui mentir, peut-être à lui donner de faux espoirs qui eussent été bien plus cruels encore que mon silence. Certes, la lettre de ma femme me touchait, mais je sentais qu'elle ne pourrait pas changer ce qui se décidait en moi, que ses regrets et ses explications ne pourraient, pour l'heure, en tout cas, infléchir ma décision de rester à Naples, m'attendrir au point de m'inciter à la rejoindre ; et, pour tout dire, j'étais moi-même bien incapable de comprendre ce qui se passait, cette décision que je n'avais pas concertée, qui s'était imposée aussi naturellement que s'impose à nous, au cours d'une promenade en voiture, l'idée soudaine de changer d'itinéraire, de faire un long détour juste pour voir la mer à laquelle la chaleur nous force à penser.

Capri, depuis que ma femme était partie, Capri, je n'étais plus possédé que par ce seul nom et n'éprouvais que l'envie d'y retourner. Je laissai passer deux jours encore, et je pris le bateau le samedi suivant. Mon arrivée fut un cauchemar. Il faisait une chaleur orageuse lorsque j'y débarquai, perdu parmi une foule de touristes hilares, pressés de s'entasser dans le funiculaire. Je décidai de prendre le minibus, rempli de Napolitains et de locaux. Le chauffeur, Ray-Ban dans les cheveux, conduisait vite et mal ; il ne conduisait pas, il pilotait sur une route qu'il connaissait par cœur, évitant les voitures, freinant brusquement à l'amorce de chaque virage avant d'accélérer à la sortie : ainsi pendant dix minutes, sur une route escarpée. Mais c'est plus tard que je faillis vomir, quand je traversai la piazzetta, surpeuplée à cette heure, midi ; alors je descendis la via Federico Serena bordée de magasins jusqu'à la très chic via Camerelle depuis laquelle, entre les boutiques de luxe, éclatent des bribes d'azur ; je marchais vite, sans réfléchir, pour fuir les touristes ; plus tard, sur le chemin moins fréquenté de la via Tragara, dont les murs ornés de glycine et de roses, ombrés de citronniers et d'orangers ployant sous leurs fruits lourds et informes, lorsque je fus enfin arrivé devant la Villa Brunella, je me rendis compte que j'avais repris cet itinéraire de mémoire, comme si je n'avais jamais quitté Capri ou que Capri, peut-être, ne m'avait pas quitté.

La Villa Brunella n'avait pas changé, comme Capri, d'ailleurs, n'avait changé. Capri n'est pas du temps, c'est de l'éternité, si l'on veut, c'est du temps qui ne veut pas passer. Il n'y avait presque personne dans cette partie peu commerçante de l'île. Ce qui me frappait, c'était le silence, la qualité du silence qui contrastait avec le brouhaha de la piazzetta. Pas d'autres bruits, ici, que ceux de la nature, d'un reflux lointain de mer mêlé à des gazouillis d'hirondelles zigzaguant dans le ciel. Le réceptionniste de la Villa était occupé quand j'entrai. Je ne vis pas son visage. Je m'engouffrai dans l'escalier extérieur qui menait à la chambre 59, et c'est là, à l'instant où j'entendis le réceptionniste dire à la cliente, « *Arriverderci Signora, vi auguro un buono ritorno* », à la seconde même où je reconnus la voix du réceptionniste, dans cette partie de l'escalier que nous empruntions tous les jours, où j'avais déjà si souvent entendu cette phrase de bienvenue, « *Arrivederci Signora, vi auguro un buono ritorno* », qu'il se passa quelque chose dans mon esprit : le souvenir de cette voix, au débit lent, assez grave, bien qu'inaltérée par les années, sonna pour moi le retour inespéré du temps ; comme il suffit d'une syllabe pour dévoiler tout entier le mystère d'une grille de mots fléchés, le souvenir de cette voix prononçant cette seule phrase abolissait les huit années qui me séparaient de mon premier séjour à Capri et dépouillait tout ce temps de sa part de ténèbres : je revis tout.

Il était près de seize heures lorsque je repartis. Sur le chemin du retour, à quelques rues de la piazzetta, via Croce exactement, un attroupement de personnes endimanchées m'arrêta devant le Capri Tiberio Palace. On célébrait un mariage. Le Capri Tiberio Palace n'est pas une de ces vastes demeures à la grâce surannée, c'est un bâtiment du XIXᵉ siècle, modernisé, d'architecture méditerranéenne, qui, avec ses murs blancs et ses pins parasols, ses colonnes et ses arches entre lesquels sillonne l'ombre de Tibère, son antique contemporain, sa piscine au-dessus de la mer, donnent l'idée d'une histoire romaine revisitée par Philippe Starck. Dans la salle de réception, on célébrait un mariage. Des demoiselles d'honneur perchées sur des hauts talons, cintrées dans des robes roses accueillaient des convives qui se dispersaient aussitôt dans le hall, les couloirs du bâtiment et tout autour de la piscine. Je me retrouvai bientôt au milieu de ce monde, coterie de Milanais et de Romains, de berlusconistes repentis, d'actionnaires majoritaires et d'investisseurs véreux, de vieux squales bronzés et de jeunes loups de la finance, horloge Rolex au poignet et potiche au bras, déjà rompus à l'adultère. On reconnaît les Milanais à leur suffisance et leur façon de se croire partout en terrain conquis, et les Romains, à une docilité plus provinciale, quand bien même ce sont eux qui habitent la capitale. La suffisance du Nord est de se payer le chic du Sud et de penser qu'il leur appartient : la docilité du Sud est de faire croire au Nord que le Sud leur appartient – ici, un palace avec vue exceptionnelle sur la mer, du personnel napolitain au garde-à-vous, attentif à tout caprice, dissimulé derrière chaque colonne du palace et des forêts de bouteilles de champagne. Et puis, des femmes, partout des femmes, un parterre de robes beiges ou cerise, nouées à la taille par un foulard de soie ou une ceinture d'organdi, découvrant au-dessous du genou des jambes nues, lisses et bronzées, des princesses, des excentriques, des sophistiquées, des mamans gâteuses, des mères supérieures, des marieuses avisées, radars à futur gendre, plantées comme des miradors, souriant aux uns et aux autres sans cesser leur discussion, à moitié tournées vers l'entrée pour surveiller les nouveaux arrivants, des éminences grises prêtes à chuchoter une perfidie dans une oreille amie, des gouvernantes revêches n'ayant guère eu besoin de féminisme pour rétablir la parité et faire autorité sur les leurs, des despotes liftées, porteuses du passé et de l'avenir d'une tribu, fossoyeuses de vertus, fières de retrouver leur instinct de chasseresse dans une si grande occasion, initiant leurs péronnelles de filles à flairer la bonne affaire. Les mères ont du nez pour les choses de l'amour qu'elles ne font plus, elles s'en remettent à leur odorat, n'ayant plus le cœur de leur fille, ce qui est encore le moins que l'on puisse dire pour un cœur éprouvé comme l'est le leur, par les chagrins et le ressentiment, l'envie et la jalousie, les frasques d'un mari et les promesses d'un amant disparu. Dans ce milieu, les filles ne se marient pas pour elles mais pour faire plaisir à leurs parents, pour devenir quelqu'un, une fille respectable, plus encore dans cette Italie catholique où les filles, élevées dans l'idée de trouver un époux, *uno marito*, passent de leur famille à une autre. Elles s'éprennent d'un homme, se donnent à lui, se concèdent, si j'ose dire, sans savoir si elles aiment vraiment : c'est un investissement qu'elles nomment par la suite « amour ». Une fois mariées, la famille leur fiche la paix et elles peuvent enfin vivre leur histoire de femmes, si j'ose dire, devenir indépendantes, tromper leur mari qui les trompe déjà et les délaisse, tromper, une fois, deux fois, puis après, tromper sans calculer. Le plus difficile, j'imagine, c'est de tromper la première fois : au début, elles doivent culpabiliser, après ne plus y penser, elles font cela par habitude, elles apprennent à mentir et à se mentir, ce n'est plus qu'une gymnastique qu'elles pratiquent pour rester jeunes et maintenir leur corps en forme. Il n'est même pas certain qu'elles prennent du plaisir à tromper, parce que, à la différence des hommes qui trompent pour la beauté du geste, les femmes trompent par désespoir, par ennui, pour savoir ce que leur mari éprouve en les trompant mais aussi pour ne pas perdre tout à fait le fil de leur vie.

Plus loin, sous les arcades, au cœur d'un attroupement, le visage gracieux de la mariée, des yeux en amande, un regard ébloui, fier et mélancolique, qui ne voyait personne. La mariée, là, toute à elle-même, figée dans un sourire éternel. Image du bonheur. Ce sourire ressuscita en moi le souvenir du jour où j'avais demandé Morgan Lorenz en mariage : je me souvins qu'elle me fit répéter la question, par coquetterie, pour que l'instant dure un peu, avant de se mettre à pleurer, et moi, dérouté, ému, je n'avais rien trouvé d'autre à dire que ce mot, ce mot qui voulait dédramatiser l'instant : « Si tu veux, je retire ma demande ! », à laquelle elle répondit, en sanglotant de plus belle : « Que tu es con ! »

Maintenant la nuit était bleue, et la mer noire. Dans le ciel, les étoiles avaient remplacé les hirondelles. « *Che bella notte !* », dit une jeune femme, en s'adressant à moi. Vingt-cinq ans, peut-être davantage, je ne savais pas. Je n'ai jamais été doué pour déterminer les âges. C'était une de ces jeunes *ragazze di ottima famiglia romana*, bien faite, grande et mince, qui, pour être soignée et très bien habillée, peut, dans certaines occasions comme cette nuit-là, donner à certains hommes l'illusion d'être belle : pour celle-ci, une coiffure mini-vague à la Laura Pausini, un visage fin et hâlé de Romaine, des lèvres rosées, passées au lipstick translucide ; une robe de taffetas beige, cintrée, dans le style années 80 pour être une jeune femme de son temps, ouvrant sur un décolleté avantageux où se suspendait une petite corne de corail censée protéger du *malocchio*, le mauvais sort ; une jeune Romaine, catholique de cœur, bourgeoise d'esprit, ou l'inverse, cosmopolite par intérêt, résidente des quartiers riches du Prati sur la rive gauche du Tibre, non loin du Vatican, et qui, par éducation, expérience des mondanités, un usage raffiné de la politesse et de la perfidie, un maniement parfait des langues (au moins trois), accède au monde par les relations, la drogue et le sexe, parfois seulement par le sexe. La jeune femme qui se présenta à moi se prénommait Cinza. Elle étudiait le droit à l'université Sapienza de Rome. Il allait de soi qu'elle deviendrait avocate, mais, avant cela, son rêve, son grand rêve, serait de se marier, de se marier à Capri, comme sa meilleure amie, Francesca, le faisait aujourd'hui. Elle ne s'imaginait pas se marier ailleurs. Elle, qui disait avoir voyagé à travers le monde, ne connaissait pas de plus bel endroit que Capri, sinon Ravello, Ravello peut-être, et encore, mais c'était autre chose, Ravello, un village de montagne, loin de tout, enfin, à la limite, oui, si elle y réfléchissait, Ravello peut-être, Ravello quand même... « *E voi...*, dit-elle en me regardant droit dans les yeux, *é voi, siete sposati ?* » (« Et vous, vous êtes marié ? ») Cette question me surprit, même si je savais que les femmes ont l'art de poser des questions dont elles connaissent les réponses, et que cette femme-ci, en séductrice avertie, avait dû vérifier que je portais une alliance. Je faillis lui répondre que ma femme et moi faisions un « break », que je réfléchissais à ce que j'allais faire de ma vie, mais je lui dis, finalement, la vérité : que je n'en savais rien, que je ne savais plus si j'étais marié. Bien sûr, c'était pour elle sans importance de savoir et j'avais compris cela dès que j'avais fait sa connaissance.

« *Forse che avete ragione e che il non si sa sempre quelle cose ! Al fondo io non so cosi se ho tanto voglia che cio di sposarmi e io mi chiedono* »

tavolta che è giusto una bella idea per gli altri... »
(« Peut-être que vous avez raison et que l'on ne
sait pas toujours ces choses-là ! Dans le fond, je
ne sais pas non plus si j'ai tant envie que cela
de me marier... Je me dis parfois que c'est juste
une belle idée, une belle idée pour les autres ! »)
Elle disait cela en ne cessant de regarder sa
meilleure amie, Francesca, la mariée, elle disait
cela pour me séduire, avec l'air détaché, las,
que prend une gamine de riche pour se distin-
guer du milieu dont elle dépend, dans lequel
elle vit comme anonyme, et qui était aussi une
forme de délicatesse à mon égard, une façon
polie de me dire que j'étais un intrus, que je
n'appartenais pas à son milieu, mais que, précisément, pour elle qui entendait se démarquer
et moi qui m'en démarquais à mon insu, je ne
lui déplaisais pas ; moi-même si j'étais honnête,
si je me l'avouais, je pouvais me dire que cette
jeune femme me plaisait : depuis ma rencontre
avec Morgan Lorenz, j'avais fait en sorte de ne
jamais me mettre en situation, j'allais dire « en
danger », de séduction, et je m'étais jusque-là
interdit de regarder les femmes, d'entretenir
des liens qui ne soient pas professionnels avec
celles que mon métier m'amenait à rencontrer.
Les femmes étaient des collègues de travail, des
camarades, des amies de ma femme, parfois mes
amies, sans qu'il n'y ait jamais l'ombre d'une
ambiguïté dans mes rapports avec elles. A dire
vrai, ce n'était pas tant de plaire à cette jeune
femme qui me bouleversait que le fait qu'elle
me plaise, car ce sont des années de certitudes
qui, soudain, en moi s'effondraient.

Surtout, il me semblait que je pouvais comprendre ce que je n'avais pas compris depuis des mois, ce qui jusque-là m'était demeuré confus, abstrait, je veux dire, la raison toute simple pour laquelle ma femme m'avait trompé, l'attirance qu'elle avait pu ressentir pour une autre personne, le désir d'un autre corps ; je pouvais le comprendre maintenant, entendre cet argument sans colère, je pouvais excuser ma femme aussi, quand bien même, justement, le fait de la comprendre et de l'excuser m'imposait de la quitter, de prendre cette décision que je n'aurais sans doute jamais prise sinon, songeant que, s'il allait dans le sens de la vie d'être attiré par d'autres personnes, si même j'avais confiance en ma femme, je ne pourrais plus supporter l'idée que d'autres hommes lui plaisent, je n'aurais plus la force de supporter ce que j'avais supporté, de m'inquiéter d'être trompé.

J'ignorais ce que j'étais revenu chercher à Capri, si jamais j'étais revenu y chercher quelque chose, mais je sentais confusément que cette journée remettait de l'ordre dans mes pensées obscures. Je n'avais plus rien à oublier mais je me rappelai que je n'avais plus vingt ans. Je ne m'étais pas vu vieillir depuis que j'avais rencontré ma femme, à vingt-sept ans. C'est la seule histoire sérieuse que j'avais vécue. Repensant à ma vie sentimentale, je me disais que j'avais passé une dizaine d'années à attendre l'amour, huit années à le vivre et que je m'apprêtais à passer toutes celles qui me restaient à l'attendre encore, à travers d'autres femmes, dans le vague espoir de reformer un couple, de me remarier un jour qui sait ? J'allais avoir trente-cinq ans.

Les années de mon mariage étaient passées sans que je m'en aperçoive, sans moi pour ainsi dire. Je n'avais pas l'impression d'avoir perdu mon temps, je n'éprouvais aucun regrets, et, sans savoir encore ce que je ferais à Naples, si j'y resterais, je savais seulement que je me séparerais bientôt de ma femme et que tout recommencerait pour moi, à un âge où j'avais besoin de surprises et de découvertes, un âge où j'avais envie de me dépayser, de voyager, enfin, de rompre avec la vie routinière qui m'avait pourtant jusque-là contenté, et dans laquelle j'avais fini par me perdre ; il me semblait maintenant que ma vie devrait changer, qu'une nouvelle vie serait possible si je le voulais, qu'il était temps de faire ce que j'avais toujours craint de faire, de vivre, de penser à moi, parce que, si je me l'avouais, j'avais été lâche de croire aussi longtemps que je n'avais qu'une seule vie, qu'un seul amour, que je n'avais pas eu le choix d'en avoir d'autres, ce n'était pas vrai, je m'étais menti, car des femmes, des amours, il n'avait tenu qu'à moi d'en connaître d'autres, et des vies, nous en avons plusieurs, des vies à faire ou à refaire, des vies à reconstruire, des vies possibles, pires ou meilleures pour lesquelles il faudrait le courage de s'engager ; c'est cela que je me disais en marchant dans la nuit étoilée de Capri, et cette idée, je le sentais, m'apaisait, elle me réconciliait avec la partie la plus humiliée de moi-même : et si je pleurais, si je pleurais pour la première fois depuis des années, je pleurais de joie, je crois, sur le souvenir de mon couple, songeant au bonheur que nous nous soyons rencontrés et mariés, que nous soyons demeurés aussi longtemps ensemble, me répétant aussi cette phrase à laquelle je n'avais cessé de penser ces derniers mois, cette phrase que, maintenant, je pouvais me dire sans amertume, sans plus en souffrir : « Je n'oublierai jamais le jour où j'appris que ma femme me trompait. »

10731

Composition
NORD COMPO

Achevé d'imprimer en Slovaquie
par NOVOPRINT
le 7 avril 2014.

Dépôt légal avril 2014.
EAN 9782290076316
OTP L21EPLN001477N001

ÉDITIONS J'AI LU
87, quai Panhard-et-Levassor, 75013 Paris

Diffusion France et étranger : Flammarion